ハーレクイン文庫

つれない花婿

ナタリー・リバース

青海まこ 訳

HARLEQUIN
BUNKO

THE SALVATORE MARRIAGE DEAL

by Natalie Rivers

Published by Harlequin Japan, a Division of K.K. HarperCollins Japan, 2023

つれない花婿

◆主要登場人物

リリー・チェイス……………元ソフトウェアの営業。
エレン……………………………リリーの母親。
レジー・モートン………………リリーの父親。
ヴィート・サルヴァトーレ……リリーの恋人。実業家。
ジョヴァンニ・サルヴァトーレ…ヴィートの祖父。
カプリシア………………………ヴィートの元妻。

1

霧のかかったヴェネチアの運河を慎重に走る水上タクシーの後部で、リリーは身震いした。湿った冷気がスエードの上着を通してしみこみ、骨まで凍えそうだ。それでも新鮮な空気がありがたかった。船内のキャビンはもっと暖かいが息苦しく、揺れのせいでむかむかしたのだ。近ごろではことあるごとに吐き気を感じたが、もうその理由はわかっている。

リリーは妊娠していた。

彼女は目を閉じ、深く息を吸った。

妊娠。ヴィートにどう話したものだろうか？

ヴィートと暮らして五カ月になる。その間、彼は途方もなくすばらしくて思いやりのある恋人だった。しかし彼に関する限り、このつきあいが一時的な取り決めにすぎないことはリリーにもわかっている。

ヴィートは初めからリリーを独占し、自分も別の相手とつきあわないことを約束した。でも、二人の関係に未来がないことを彼はいつも明言している。結婚はしないし、子供を作る気は毛頭ない、と。

だが、今のリリーは妊娠二カ月だった。なかなか治らないと思っていた胃の不調は実のところ、つわりだったのだ。ピルののみ忘れが原因かもしれない。

リリーは体を震わせ、腕時計を見やった。ヴィートは屋敷《パラッツォ》で私を待っているだろう。医師の診断を知りたがっているはずだ。ちらっと見あげると、水上タクシーは見慣れたアーチ型の橋の下を通過したところだった。間もなく家に着く。

知らせを伝えることに不安はあったが、ふいにリリーはヴィートに会うのが待ち遠しくなった。今のところ彼の計画に赤ん坊は入っていないかもしれないが、私はわざと妊娠したわけではない。ヴィートは理解してくれるだろう。彼は裕福で権力のある男性で、自分の望みどおりに物事が運ぶことに慣れている。でも、理不尽な人ではない。驚き、ショックすら受けるかもしれないが、状況を理解できるように時間をかければ、何もかもうまくいくだろう。

リリーは以前から家族を欲しいと思っていた。そのことを考えてみると、子供の父親としてヴィート以上の男性はいそうにない。ヴィートは成功して影響力のあるビジネスマンだが、温かくて思いやりのある一面も持っていることを彼女は知っていた。予定外だからというだけで、自分の子を拒絶するはずはない。

運河に面したパラッツォの入口で水上タクシーが止まったとき、あたりは不気味なほど静かだった。霧のせいで街の物音は消え、大理石のステップに打ち寄せる水音しか聞こえない。リリーは船長に料金を払い、ありがたく彼の手につかまって危なっかしい足取りで船を降りた。二階へ上っていくと、書斎から出てきたヴィートが迎えてくれた。

リリーは息をのんで階段のてっぺんで立ち止まり、彼を見つめるばかりだった。ヴィート・サルヴァトーレ。彼女の恋人の完璧《かんぺき》な男らしさを噛《か》みしめる。

百八十センチを超える長身で肩幅の広い体をしたヴィートは、優美ながらも運動選手のような力強さも備えている。黒い髪はかすかにウエーブがかかり、意志の強そうな額から後ろに撫《な》でつけられて、息が止まるほどハンサムな顔をあらわにしていた。

ヴィートに感嘆しない日など来るのだろうか、とリリーはよく思った。彼が出張で数日間留守にしていた場合でも、ほんの数分間、二人が別々の部屋にいた場合でも同じことだった。離れていたあとでヴィートの姿を見るなり、リリーの胸はどきどきして興奮が全身を駆け抜ける。知り合って十カ月になり、暮らし始めて五カ月はたっているのに、彼女はいまだにヴィートといるとときめかずにいられなかった。

「やっと帰ってきたんだな」ヴィートはブルーの瞳でリリーをとらえ、彼女を抱き寄せた。

「うーん」リリーはたくましい胸に体をすり寄せ、ベルベットのように柔らかな黒のカシミヤセーターに顔を押し当てた。深呼吸してヴィートの香りを吸いこむ。彼の腕の中で安心していると、さっきよりも気分がよくなった。水上タクシーで感じた吐き気はもう消え去っていた。

「君に電話しようとしたんだ」ヴィートはそっとリリーの顔を持ちあげ、じっくりとキスをした。「だが、君の携帯電話が寝室に置いてあることに気づいた」

「ごめんなさい」リリーは彼の魅力的な顔を見あげた。いつもそうだが、ヴィートのキスのせいで何も考えられなくなってしまう。「充電するのを忘れてしまったの」

「大丈夫かい?」ヴィートはリリーの両手を取った。「ずいぶん顔色が悪いし、冷たくなっているじゃないか。こっちに来て座りなさい。温かい飲み物でもどうかな?」

「大丈夫よ」リリーは彼に導かれるまま書斎に入った。「水が一杯あればいいわ」髪を指で撫でつけ、ふいにまた不安を感じた。急に紅茶やコーヒーが嫌いになった理由が今ではわかったのだ。間もなく、ヴィートに打ち明けなければならない。

「病院までカルロが君を連れていったものと思っていた」コップに角氷を落としてミネラルウォーターをそそぎながら、ヴィートは肩越しに振り返って言った。「公共の水上タクシーになんか乗ってほしくないな。気分が悪いときは特にそうだ」

「大丈夫よ。ちょっと歩きたいと思ったの。新鮮な空気を吸えば、気分がよくなるから」

「カルロがついていかないと知っていれば、僕が付き添ったのに」ヴィートは彼女のウエストに腕をまわし、窓際のソファに連れていった。「会議を中止するなと君にうまく説得されてしまったが」

リリーはブロンドの髪にまた手を走らせて腰を下ろした。霧の湿気のせいで髪が縮れている。こんなときに外見を気にするなんてばかげていた。でも、重大な状況にあると、些《さ》細《さい》な事柄に集中するほうがなぜか楽な気がする。

「医者はどう言っていたんだ?」ヴィートはリリーを心配そうに見て尋ねた。ハート形の彼女の顔は信じられないほど蒼白《そうはく》で、はしばみ色の見事な目の下には疲れたようなくまがある。「抗生物質をのまなければならないのかい?」

「いいえ」リリーは言った。

彼女は両手で髪を撫でつけた。神経質そうなそのしぐさにヴィートは気づいた。一緒に暮らし始めてからリリーのしぐさの意味がわかるようになった。けれども今は、不安そうな理由がヴィートには想像もつかなかった。

「だったら、なんなんだ?」

重大な病気かもしれないという恐怖心がふいにヴィートをナイフの刃のように切り裂いた。彼はリリーのかたわらにひざまずき、冷たい両手を自分の手で包んだ。リリーが病気かもしれないと思うと耐えられない。

「医者はどう言ったんだ?」彼はたたみかけた。「さらに検査を受けなければならないのか?」

「いいえ……」リリーはためらい、ヴィートの顔を見つめた。黒い眉は不安そうにひそめられ、眉間《みけん》に縦じわが寄っている。これほどそばにいると彼の瞳のすばらしさがよくわかる。信じられないほど生き生きしたスカイブルーの目は夏の訪れを思わせた。まだ冬の名残を引きずっている、寒くてじめじめした早春の今でも。

ともかく、リリーはヴィートを心配させていた。そんなつもりはなかったのに。すぐに本当のことを告げなければならない。

「私は妊娠しているの」

このあとがどうなるか、リリーには想像もつかなかった。驚かれるだろうとは思ったし、ヴィートが不機嫌になるかもしれないと覚悟さえした。だが、これほど劇的に彼の表情が変化するとは夢にも思わなかった。まるで顔に冷たい鋼鉄のシャッターが下りたかのようだ。予想もしなかった残酷な言葉を彼はきっぱりと告げた。

「荷物をまとめるんだ」ヴィートはいきなり立ちあがり、リリーの手を放した。触れているのが耐えられないかのように。「僕の家から出ていってくれ」

2

リリーは目を開け、ぼうっとしながら目覚まし時計を見た。いけない！　遅刻だわ。

「まだ起きていないの？」アンナが尋ねた。すでに通勤用のしゃれた服を着ている。アンナはフラットのワンルーム式の居間からキッチンスペースへ歩いてきた。「今朝はプレゼンテーションがあるんじゃなかった？　ほら、いちかばちかの大きなものが」

「ええ。九時にね」リリーはソファに身を起こした。ヴィートに捨てられてから、自分を置いてくれる友人にはとても感謝している。でも、このソファは寝心地がいいとは言いがたかった。

「あらまあ、ひどい顔よ」アンナは言った。「つわりって妊娠初期だけのものだと思っていたわ」

「私もそう思っていたのよ」リリーは身動きし、胃を落ち着かせようとゆっくり呼吸した。

「ほら、これ」アンナは牛乳の入ったコップをコーヒーテーブルに置いた。「今朝の幸運を祈るわ」そうつけ足すと、アンナは早くも玄関へ向かっていた。

リリーは牛乳のコップを取りあげ、慎重にひと口飲んだ。冷たくて気分がなだめられる。間もなくどうにか胃が落ち着き始めたので、すばやくシャワーを浴びて仕事に行く支度をした。リリーはアンナに感謝していた。妊娠中の吐き気に牛乳が効果的だったと同僚から聞いたことを思い出してくれたのだ。

四十五分後、お金の余裕もないのに乗ったタクシーから降りたリリーはロンドンの広い歩道でためらっていた。〈L&G〉本社の堂々たる鋼鉄とガラス張りの建物を見あげながら。〈L&G〉はサルヴァトーレ一族の大企業の子会社だ。ヴィートがこの建物にいるかもしれないと思うと、リリーの背筋を恐怖の震えが伝いおりた。もしヴィートが近くにいる可能性をほんの一瞬でも本気で考えていたら、今日のプレゼンテーションは引き受けなかっただろう。

リリーは深く息を吸い、重いブリーフケースの持ち手をしっかり握って建物に入っていった。目の前で揺れるブロンドの長い巻き毛を無理やり耳の後ろに撫《な》でつける。遅刻寸前だったので、髪をストレートにする時間はなかった。頭の後ろに髪を引っつめてうなじのところでねじってまとめたが、早くも乱れ始めているらしい。

今朝のプレゼンテーションは絶対に成功させなければならなかった。リリーは喉から手が出るほど欲しい正社員の座にまだ就けていない。だが今日、幸運の女神がほほ笑めば、これがきっかけになるだろう。リリーはヴィートと出会ったころに働いていたパソコンのソフトウエア会社の元雇主に連絡をとった。彼は個人的な好意から、リリーにチャンスを与えてくれた。自社のウェブ会議用システムを〈L&G〉に販売できれば、手数料を払ううえに、正社員に採用しようと言ってくれたのだ。

〝でも、スージー・スミスが売ろうとしているんじゃありませんか?〟リリーはそう尋ねた。ヴィートと暮らすためにヴェネチアへ移るリリーが退職願を出したとき、いそいそと後釜《あとがま》に座った派手なブルネットの女性を思い浮かべながら。

〝ああ、そうだ〟元雇主のマイクは認めた。〝だが実を言うと、彼女には無理だと考えている。〈L&G〉は売りこむのに手ごわいことで有名だからね。しかし、君は仕事の内容を心得ている。君なら、あそこの高慢ちきな管理職たちにしてやられることはないだろう〟

そんなわけで今、リリーはここにいて、ヴィート・サルヴァトーレが所有する会社へ入っていくのだ。不運にも妊娠したというだけで、ヴェネチアの通りに彼女をごみ同然に捨てた男性の会社へ。

三月のあの恐ろしい日から六週間たったが、ヴィートの仕打ちの衝撃をリリーはまだ克服していなかった。

こんなすばらしい男性といる幸運が信じられないと考えたこともあった。この人といればすべてうまくいくとも思った。優れた人間などではないと最悪の方法で知るまでは。まともな人なら、助けが必要な私をほうりだすはずないでしょう?

リリーはヴィートの思い出や彼の仕打ちを断固として心の奥に押しやった。目下の仕事に集中しよう。彼女は受付にきびきびと歩いていき、自分の名と社名を告げた。この六週間を乗り切るには、ヴィートが彼女とこれから生まれてくる子供を裏切った、非道なやり方を考えまいとするしかなかったのだ。

リリーには選択の余地がなかった。やり抜くしかない。どうしても仕事が必要だ。仕事が手に入れば、自分と子供のために家庭を作れる。

「お待ちしておりました」受付係はにこりともせずに言い、リリーに訪問者用バッジを渡した。

ヴィートの話によれば、〈L&G〉は彼が関《かか》わる企業の中でも小規模だということだった。だが、リリーが入ったガラス張りの重役用会議室は、小さいどころではなかった。黒の革張りの椅子がずらりと並んだスモークガラスの巨大なテーブルを見て、売りこむのは楽ではなさそうだと彼女は思った。

ちょうど用意が整ったとき、背後から声がした。

「ミズ・スミスですか?」

リリーは明るい笑みを顔に張りつけて振り返った。ダークスーツを着た、背が低くて髪の薄い男性がいた。会社のウェブサイトに載っていた写真から、彼が誰だかわかった。広報部長だ。

「いえ、リリー・チェイスと申します」リリーは手を差しだした。「お会いできてうれしいです、ミスター・ダンブロシオ」

「大物を送りこんできたというわけかな?」ダンブロシオは尋ねた。ビーズのような目でじろじろとリリーを観察し、なかなか彼女の手を放そうとしない。

「そうかもしれませんね」リリーは微笑した。セールスでもっとも重要なルールの一つは、常に自信満々に見せることだ。それが性に合わなくても。彼女は手を引き抜き、タイトスカートに強くこすりつけたい衝動を抑えた。「〈L&G〉はとても重要な顧客候補です。わが社の製品を充分に説明できるだけの経験が私にはあると思いました」

「ふうむ」ダンブロシオは感心したふうでもなかった。「では、始めようか」彼は大きなガラステーブルに向かって座った。部屋に入ってきた、スーツ姿の一団もテーブルについている。あきれるほど高いヒールの靴を履いた若い女性は、高圧的な大声で携帯電話をかけていた。二十代に見える男性はノートパソコンを開き、Eメールのチェックを始めている。

　リリーは集まった重役たちを見つめ、あの女性の電話を終わらせてから始めるべきかと迷った。

「何を待っているんだ?」ダンブロシオが大声をあげた。「こちらは一日じゅうつきあう暇はない」

リリーは背筋を伸ばすと明るく微笑し、売りこみの口上を述べ始めた。

ヴィート・サルヴァトーレは、いらだたしげに建物の中へ大股で入っていった。先日、祖父のジョヴァンニを訪ねたときのことを心から追いだせない。

祖父はいつもヴィートの人生に大きな影響を与えてきた。一族の絶対的な長で大切なお手本だった。とりわけ大事なのは、ヴィートの両親が事故で死亡後、頼りになる父親的存在を果たしてくれたことだ。

〝死ぬ前に私を幸せにしてくれ、ヴィート〟ジョヴァンニはそう言った。

〝お祖父《じい》さんのためなら僕がなんでもすることはご存じでしょう〟ヴィートは祖父のかたわらに座り、かぼそい手を取った。その手の握力が弱々しく、絶えず震えていることに気づいて衝撃を受けた。

〝一族の名前が途絶えないことを知りたいのだ〟

ヴィートは安心させるように祖父の手を握ったが、声は出なかった。何を頼まれているかはわかった。だが、決して実現しないことは約束できない。

〝おまえは三十二歳だ。もう落ち着くころだろう〟祖父は驚くほど鋭い目でヴィートを見た。〝まるで明日がないみたいに女性から女性へ渡り歩いているが、そろそろ腰を据えて将来を考えろ。私はもう長くない。死ぬ前に曾孫《ひまご》の存在を知りたいのだ〟

ヴィートは立ちあがって向きを変え、高くアーチを描いた窓の下の大運河《カナル・グランデ》に浮かぶさまざまな船を見おろした。祖父は頑固な年寄りだった。健康が衰えても、ヴェネチアでもにぎやかな一角にある、バロック様式の屋敷《パラッツォ》を離れようとしなかった。

そこは七十五年あまりもジョヴァンニの家だった。窓の外から絶えず聞こえる、観光客や通勤者がたてる騒音など気にならないと彼は言った。ジョヴァンニは自宅で暮らすことだけを望んでいた。莫大《ばくだい》な財産があるから、医療専門家を頼むのに必要な費用は問題にならなかった。

〝すべてうまくいきますよ、お祖父さん《ノンナ》〟ヴィートは祖父の頬に愛情のこもったキスをした。サルヴァトーレの血筋は自分の代で途絶えると話して、祖父を悲しませる必要はない。

ヴィートは思い出を押しやり、重役専用階の絨毯《じゅうたん》敷きの廊下を歩き続けた。彼の表情を見た従業員たちがそそくさと逃げだしたことなど気づきもしなかった。〈L&G〉の重役たちを相手にしたい気分ではなかったが、役員会に出席するつもりだった。

ふいに彼は立ち止まり、会議室のガラス張りの壁をまじまじと見つめた。自分の目が信じられない。

リリー・チェイス。

リリーを見て、胃のあたりに激しい衝撃を受けた。彼女に裏切られたことはまだ生々しい傷として残っていた。苦痛を思い出さずにいられない。心臓が激しく打ち始め、彼は両脇《りょうわき》で拳《こぶし》を握った。

ヴィートを裏切りながら、まんまと逃げおおせた者などいない。だが、リリーはそれをやってのけた。リリーの行為を知ったあの夜、ヴィートはあまりの衝撃に、彼女を追いだすことしかできなかった。彼女にふさわしい罰はその程度では足りない。

そして今、あたかも傷口に塩を塗るかのごとく、どう見てもうまく苦境を脱したらしいリリーがいた。涼しい顔で彼の広報部の社員にプレゼンテーションを行っている。なんの悩みもないかのように。そう、ヴィートなど恐れるに足らぬとでも言わんばかりだ。

ヴィートはリリーの頭のてっぺんから爪先まで視線を走らせ、妊娠の兆候を無意識に探した。だが、体にはまだなんのしるしも表れていなかった。どちらかと言えばやせて、信じられないほどほっそりして見えた。麻のスーツはひどくだぶだぶで似合わない。髪はきつい感じに後ろで束ねられていた。

だが、最高に見栄えがする状態でなくても、リリーからヴィートは目をそらせなかった。淡いブロンドの髪に白っぽい服装のリリーは、薄暗くて陰気な会議室にいるダークスーツ姿の重役たちとは対照的な灯台さながらに立っていた。

なぜ、彼女はあんなことをしたんだ？

その疑問がいやでもヴィートの頭に浮かんだ。

ヴィートは歯を食いしばり、それ以上考えまいとした。彼はいつも思いどおりにやってきた。ビジネスと同様に私生活でも采配《さいはい》を振ってきたのだ。

ヴィートの人生に現れたどの女性も、どんなつきあいになるかを理解していた。長続きする関係は結ばず、なんの条件もつけないと。しかし、交際が続いている間はヴィートも相手もお互いに忠実だった。リリーの仕打ちに衝撃を受けるまで、不実な行為など考えられなかった。どんな女性も僕に満足しているはずだ、とヴィートは思っていたのだ。

ヴィートは危険な色をたたえて細くなった目で、ガラス越しにリリーの後ろ姿を見つめた。彼女が昔の仕事、ウェブ会議用ソフトウエアのセールスに戻ったことはすぐにわかった。

顔色は悪くて疲れているらしいが、リリーは冷静で、会議を仕切っているように見えた。だが、彼女の相手は手に負えない一団だとヴィートにはわかった。ヴィートは〈L&G〉の広報部長が好きではなかったし、彼が新システムを導入するつもりなどないことも知っていた。この会社が二十一世紀に入っていくためにはぜひ必要なものなのだが。

なぜ、リリーは僕を裏切ったんだ?

その疑問がしつこくヴィートの頭に響いていた。

寝室の中でも外でも、二人の間はうまくいっていたはずだ。リリーとの時間は、ビジネスでの攻防とは対照的なすばらしいものだった。そして性的な結びつきは……無上の喜びを与えてくれた。

リリーがバージンを捧《ささ》げてくれたことを、ヴィートは実に特別な贈り物だと思った。それだけに、リリーがほかの男のベッドにさっさと入りこんだ事実がいっそうショックだった。

リリーが別の男といるところを思うと耐えがたかった。ヴィートのこめかみは脈打った。彼は急に歩きだすと、会議室のドアを勢いよく開けた。

リリーははっとして目を上げた。

たちまち息ができなくなる。

最悪の夢が現実となった。ヴィートがいたのだ。

「なんだ？」ダンブロシオは邪魔者をどなりつけようとしたが、ヴェネチアにいるボスだとわかったとたん、おとなしくなった。

リリーは浅く息をしながら、ヴィートを見た衝撃で止まった心臓が動きだすのを感じていた。

リリーはヴィートが恋しくてたまらなかった。でも、彼にひどく傷つけられたのだ。ヴィートを見ると、胸が痛くなる。部屋を横切って彼に駆け寄り、温かくて力強い抱擁に身を任せたい。だが、もう温かさなどないことはわかっていた。自分をほうりだしたとき、ヴィートはその点を明確にした。

ヴィートに会って苦痛を感じたが、入口に立つ体にリリーは物欲しげな視線を走らせた。彼は途方もなく堂々としていた。注文仕立てらしいスーツは申し分なく体にぴったりだが、生々しいほど男性的な力を隠していない。引きしまった彼の体がどれほど力強いか、彼女はあまりにもよく知っていた。筋肉質のたくましい体に抱かれたときの感触をまざまざと覚えている。

でも今は、張りつめたヴィートの表情にリリーは身震いした。頬骨の高い顔のブロンズ色の肌がこわばり、意志の強そうな顎の筋肉が脈打っている。

青い目をひたと向けられ、リリーはぞっとした。負けまいとして見返す。ヴィートの瞳に激しい怒りを読み取り、冷たい震えが背筋を伝いおりた。ヴェネチアでの最後の日を除けば、彼がそんな目でリリーを見たことはなかった。二人の関係を彼が残酷に終わらせたことを思い出させるまなざしだった。

「〈L&G〉がそちらの製品に投資すべき理由を話したまえ」ヴィートはだしぬけに言った。

リリーは震える手をきつく握り合わせ、驚愕《きょうがく》の表情でヴィートを見つめた。こんなことは予想外だった。彼が自分をほうりだすか、警備員を呼んでそうした汚い仕事をやらせるかということは考えたけれど……。ヴィートがどんなゲームをしているのかわからないが、リリーは従うしかなかった。しっぽを巻いて彼から逃げだすつもりはない。ふいにコーヒーの強い香りに鼻孔を刺激され、リリーは吐き気を覚えた。ダンブロシオの席から彼女のノートパソコンまで、湯気の立つブラックコーヒーの池がテーブルに広がっている。ヴィートが劇的に登場したため、ダンブロシオは驚いて飲み物をこぼしたらしい。だが、彼は拭《ふ》こうともしなかった。

ダンブロシオがこちらを見た目から自分に拭かせるつもりだとわかり、リリーは唖然《あぜん》とした。でも、ヴィートに見つめられている今、ダンブロシオがこぼしたコーヒーを気にするどころではなかった。

彼女は深呼吸し、むかつくようなコーヒーのにおいを深々と吸ってしまった。ノートパソコンを脇へ動かすとヴィートをまっすぐ見つめ、話し始めた。

不気味なほど静かな会議室の中で、リリーの声は驚くほど明瞭《めいりょう》で平静に響いた。彼女は用意してきたプレゼンテーションに集中した。

「そういうわけで、この新システムがあれば、最高の状態でのウェブ会議が可能で、時間も費用も節約できます。基本的な要件も満たせない場合がよくある、時代遅れのシステムを使用するときのわずらわしさからも解放されるでしょう」

リリーは熱弁をふるい終え、ヴィートの目を見つめ続けた。無駄だとはわかっていた。マイクの言ったとおり、〈L&G〉は売りこむのに手ごわい。とはいえ、ヴィートが現れた今では、手ごわいどころか、売りこみなど不可能だった。

部屋はしんと静まり返り、ヴィートが口を開くのを全員が待っていた。なぜか急に、リリーはこれから生まれる赤ん坊のことを考えた。ヴィートの子供のことを。いまだに現実とは思えない。つかの間、自分が妊娠している事実をほとんど忘れる場合もあった。だがいつも、つわりの苦痛だけでは不充分だとでもいうように、子供を養うために仕事を得られるだろうかという絶え間ない不安のせいで、いきなり現実に呼び戻されるのだった。

男性について母親から受けたあらゆる警告をリリーは覚えていた。それなのにこうして母親の轍《てつ》を踏んでいる。妊娠するという過ちを犯したため、母は容赦なく見捨てられた。父親はリリーを認知しようとせず、自分たちの関係を公表するなと、彼女の母親を脅しさえした。彼には守るべき〝本当の〟家族があったのだ。すてきな郊外の家に住む妻と二人の娘が。リリーと母親は邪魔者だった。恥さらしになりかねない存在だったのだ。二人はリリーの父親の完璧《かんぺき》な評判に傷をつけないようにと、いつも地方にひっそりとかくまわれていた。

父が第一級の偽善者だとリリーは知り、成長するにつれて、父親などいないほうがいいと自分に言い聞かせた。だが、父親なしで育つことは楽ではなかった。そんな状況に母親がうまく適応できなかったせいで、リリーの人生は困難で不安定になったのだ。

「三カ月間の試用期間を経て、そちらのウェブ会議用システムを導入しよう」ヴィートはだしぬけに沈黙を破った。「ダンブロシオ、ここをきれいにしたまえ。それからミズ・チェイスの機器を僕のオフィスに運んでくれ」

「しかし……」つかの間、上司の有無を言わさぬ決定にダンブロシオは不満げだったが、気を取り直して立ちあがった。「もちろん、あなたと仕事ができれば光栄ですよ」ダンブロシオはやけ気味に手をリリーに差しだした。「御社のシステムは非常にすばらしい。すべて手配しましょう。私の部下たちを御社の社員に引き会わせて、そして……」

こんな状況でなければ、不愉快なダンブロシオが急にご機嫌取りを始めたのを見ておもしろかったかもしれない。だが、そのとき、ヴィートが刺すような視線を向けてきたため、リリーの喉がふさがった。

「ミズ・チェイス、君には僕の部屋に来てほしい」

彼の声を聞き、リリーの背筋にぞっとするものが走った。彼女はひそかに震えていた。こんな口調で話すヴィートは初めてだった。

「私は……ミスター・ダンブロシオといろいろ手配すべきかと」リリーは言葉を濁した。ヴィートについていきたい気持ちもあったが、頭の中の理性的な部分は彼から離れろと命じている。

ヴィートはリリーが思っていたような男性ではなかった。彼女を思いやり、安全だという気持ちにさせてくれる優しい恋人ではなかったのだ。ここにいるのはまったく違う男性だ――三月のひどく寒い夜に彼女を家から追いだした、心ない獣《けだもの》。

あの夜はさらに恐ろしい悪夢となった。霧のせいで空港が早く閉鎖され、リリーは逃れる場所も行くべきところもなくなったのだ。

「僕と来たまえ」ヴィートの言葉は命令そのものだった。リリーはいつの間にか歩を進めていたが、ヴィートの手で腕をつかまれた。

触れられたとたん、リリーはあえいでよろめいた。全身に電流が走ったかのようだ。彼女は震えながら振り向いて、ヴィートの顔を見あげた。

敵意に満ちた視線で切り裂かれ、かすかに抱いていた希望は消え失《う》せた。青い瞳にひらめく怒りはあまりにも冷たくて容赦のないものだった。リリーは氷の破片で心を突き刺されるように感じた。

逃げたいが、逃げ道はない。彼女はドアへと駆けだしたかった。売り上げも、獲得できそうな職もどうでもいい。だが、彼は腕を放そうとしない。

氷のように冷たいヴィートの視線のせいで、猛吹雪にさらされている気がした。けれども、彼の手から伝わる熱は麻の上着の袖《そで》を通してしだいに高まり、リリーの凍りついた全身にじわじわと広がって、彼女は体の隅々まで意識させられた。

ヴィート専用のエレベーターまであっという間に着いた。気がついたとき、リリーはヴィートとエレベーターに乗っていた。

ドアが閉まって外界から隔離されると、彼女は思わず息を吐いた。ふいに彼といる空間が狭すぎるように思えたのだ。ヴィートの強い存在感はいたるところを圧迫し、エレベーターの鏡張りの壁に反射していた。彼の力は時がたつごとに大きくなっていく。

ヴィートとカプセルに閉じこめられたような気がした。彼の強烈な存在がすべてを満たす場所に。ヴィートの体のまわりを流れる空気はデザイナーズブランドの服の下にもぐりこみ、引きしまったブロンズ色の肌の上を滑って、リリーのほうへ官能的に移動してくる。

リリーが吸いこむどの空気にも、胸が痛くなるほどお馴染《なじ》みのヴィートの香りが加えられている。彼女は全身が熱くなり、二人でいる狭い空間が外の世界よりも現実味を帯び、生き生きしている気がした。

ヴィートはまだリリーの腕をつかんでいたが、心臓がどきどきして肌がうずいている彼女にとって、彼との接触はそれ以上の意味があった。一糸まとわぬ体を両手でくまなく愛撫《あいぶ》されている気がする。頭のどこかでエレベーターの上昇を感じた。外の世界からさらに離れ、ますます逃げられなくなっていく。

ふいに鏡張りのドアが開いてヴィートは歩きだし、リリーも連れていかれた。腕を放されると、彼女は驚いてまばたきした。つかの間、あたりの様子にまごついた。がらんとした洞窟《どうくつ》のような場所。

「ここはどこなの？」リリーは最初に浮かんだ言葉を言った。床には贅沢《ぜいたく》な淡い灰色の絨毯が敷かれていたが、家具といえば、床から天井まである窓のそばに置かれた堂々たるデスクしかない。

「最上階のスイートだ」ヴィートはそっけなく答えた。「ここは気に入らないから、改装する予定だ」

リリーはふたたびあたりを見た。ゆっくりと落ち着きを取り戻し、ヴィートとの間に距離を置く。狭い空間に彼と閉じこめられただけで、あれほど自分の体が反応したことが信じられなかった。

かつて家具が置いてあったことを示す、いくつもの跡がついているのに気づいた。壁のくすんだ部分は絵が取り外された跡だろう。廃墟《はいきょ》となった家さながらに、抜け殻のような部屋だった。

こんな殺風景なところにヴィートといるのは場違いな気がした。リリーにとって、彼と過ごした時間はヴェネチアのパラッツォと結びついている。または彼と出歩いたときの光景と。失われたのは居心地のよさや贅沢さではなく、一緒だという感覚だった。ヴィートといると、家にいるという気持ちにいつもなったものだ。だが、彼女にとっての家はもうない。

「どこに住んでいるんだ？」ヴィートの質問に、リリーは物思いから我に返った。

「ロンドンよ」リリーはそれだけ答えた。ひどい仕打ちをしたヴィートに、自分の状況がどれほど不安定なものかを告げる理由もない。

「ひとりで？」彼は探りを入れた。

「あなたには関係ないわ」ヴィートはほんの数メートルのところに立っている。厳しい色をたたえた青い瞳をリリーは見つめた。怯《おび》えているなんて思われたくない。心の中は震えていて不安でも。エレベーターで間近にいたときに自分がリリーに与えた影響を、ヴィートは気づいたに違いない。

「お腹《なか》の子の父親と一緒か」彼は食いしばった歯の間から言った。「その男と住んでいるのか？」

その朝はこれで二度めだが、リリーの心臓はどきりとした。

ヴィートの言葉はわけがわからない。まさか、私が考えているような意味じゃないわよね？

「いったいなんのこと？」彼女はあえぎ、まだ平らな腹部をかばうように片手を当てた。

「これが予定外なのはわかるわ。でも、当然、あなたが父親よ」

ヴィートは黒い眉の下からリリーを見つめたが、大きな窓から差しこむ朝日が当たるせいで、目はまるで金属のようだった。つかの間、リリーはヴィートが見覚えのない人に思えた。人生で最高の五カ月間をともに暮らした男性のはずはない。

「嘘《うそ》をつくな。お腹の子の父親と連絡をとっているかどうかだけ教えてくれ。そいつは君

「あなたの妊娠を知っているのか？」

「誤解だわ」リリーは言った。ヴィートの言葉の意味をなおも測りかねていた。「あなたとしかつきあっていなかったと知っているでしょう」

「僕は君にとって初めての恋人だったかもしれない。だが、ほかにも恋人がいたはずだ」

「なぜ、そんなふうに考えるの？」彼女は息をのんだ。「理解できないわ。誰かに何か言われたの？」

「子供の父親が知っているかどうかだけ答えたまえ」ヴィートはきしんだ声で言った。

「父親はあなたよ！　ほかには誰もいないし、いたはずもないわ」

彼はしばらくリリーに視線を据えた。客観的で感情のないビジネスの場で相手を値踏みするように。

「そいつは知らないらしいな。または知りたくないのかもしれない。いずれにせよ世間に対しては、君の身ごもっている子は今から僕の子供になる」

「この子はあなたの子よ」リリーはうつろな声で言った。煉瓦《れんが》の壁に頭を打ちつけている気がする。

なおも冷たいブルーの瞳で彼女を見つめながらヴィートは一度うなずいた。きっぱりと首を縦に振る様子は奇妙なほど不安をかきたてられるものだった。

「すぐに結婚しよう」ヴィートは言いはなった。

3

「結婚？」リリーは唖然《あぜん》として繰り返した。自分の耳が信じられなかった。「ばかげた冗談だとしても、私はだまされないわ」

「冗談ではない」ヴィートは真剣そのものの口調だった。おぞましくもリリーが慣れ始めた厳しい表情でこちらを見ている。「僕たちはすぐに結婚する」

「よくもそんなことを頼めるわね」リリーは息をのんだ。六週間前なら喜んで申し出を受け入れただろう。ヴィートにプロポーズされるなんて、夢がかなったようなものだと。でも、今は違う。夢というよりは悪夢だ。「あんな仕打ちをしたあなたと結婚するとしたら、私は頭がおかしくなったに違いないわ」

「頼んでなどいない。僕たちは結婚する、と言っているだけだ。世間に対しては、君の身ごもっている赤ん坊は僕の子供ということになる。サルヴァトーレ家の跡継ぎとして育てられるだろう」

リリーは頭がくらくらし、胃がむかついた。ヴィートはますます見知らぬ人になっていくようだ。

母親のエレンから、男性は簡単に変貌《へんぼう》するものだと警告されたことがあった。母自身、そんな経験をしたのだ。エレンが妊娠を告げたとき、リリーの父親は一夜にして愛情深い恋人から脅し文句を並べる獣《けだもの》へと変わった。そのとき彼女は、恋人のレジーが既婚者だと知ったのだ。

すでに妻と二人の子供がいたレジーは、義父の会計事務所で出世階段を着実に上っていた。誘惑の甘い言葉を並べても、彼は浮気相手としてしかエレンに関心がなかった。彼女の妊娠はレジーへの警鐘になった。自分の立場が危機にさらされていると思ったのだ。妻か義父に浮気を気づかれたら、すべてを失いかねなかった。家族も、職業的な地位も。

レジーは自分を守るため、田舎にある小さなコテージにエレンを住まわせた。彼は家賃を払い、リリーのためにわずかな養育費を出した。だが、それは彼の家族の前にエレンや彼女の婚外子が姿を現さないという厳しい条件をのむことと引き換えだった。

「あなたがどんなゲームをしているのか、わからないけれど」リリーは両手を腰に当てて、ヴィートの目をまっすぐに見た。彼女の子供時代は不実な父親のせいで悲惨だった。ふいにリリーは、生涯続く不誠実な行為や秘密などまっぴらだと感じた。「あなたが何を企《たくら》んでいようと、私はそんなものにつきあう暇はないの。うちのウェブ会議用システムを買ってくれるなら結構なことよ。私はフラットを借りるだけの手数料が手に入る。買いたくないなら、それも結構。私はここを出て、自分の人生を歩いていく。正社員の職を見つけなければならないから」

子供を養うために、仕事に就かなければならないのだ。母親のようにはなりたくない。もっと経済的に不安定な状況になるのもいやだった。

レジーが本性を現すと、エレンは打ちのめされた。愛した男性から沈黙していろと脅されることは耐えがたかった。だが、助けを求める相手もなく、わが子のことも考えねばならなかったから、エレンはしぶしぶレジーに生活費を援助してもらうことにした。

月日がたつうち、彼女は彼の手当に頼るようになっていった。人が信用できず、自信もなくなったため、エレンはリリーを育てながら働ける仕事を見つけられなかった。ついには地元のホスピスでボランティアとして働くことに慰めを見いだした。エレンは末期患者に楽しみや満足を与えるための手工芸講座に、ありったけのエネルギーと愛情をそそいだ。

子供時代はひどくつらかったが、リリーは母を心から愛した。彼女が妊娠してひとりきりでいることを知れば、母は心を痛めるだろう。何があろうと、母には本当のことを隠さなければならない。せめて自分が落ち着くまでは。

「僕の話を聞いていないんだな」ヴィートはあまりにも冷淡にじっと立っている。リリーはいやな予感がした。「君に職など必要ない。フラットも」

「聞いていたけど、筋の通る話じゃないわ」リリーは不安を追い払おうと反論した。結局、ヴィートに道理を説くために、現状を正直に話そうと決めた。「私には仕事と家が必要なの。あなたに追いだされて以来、友達のソファで寝ているから」

「必要なのは君と赤ん坊を養ってくれる夫だ。僕はそれ以上のことも申し出ている」

「今は中世じゃないのよ！」リリーはあえいだ。ヴィートは怖い顔をしていたが、かまわず続けた。「どんなすばらしいものを提供しようというの？　お金？　もちろん、裕福な夫がいるのは悪くないわね。でも、自分の子供も私のことも愛せず、求めてもいない夫を持つくらいなら、ひとりでいるほうがいいわ」

「それは本心なのか？　婚外子を独りぼっちで育てることは容易ではない」

「容易だなんて言っていないわ」それが母にとってどれほど大変だったか、リリーはあまりにもよく知っていた。リリーにもつらいことだった。

「自分の子供のことを考えたまえ。サルヴァトーレ家の跡継ぎになるチャンスを子供から奪うのか？」

「あなたはどうかしているわ」リリーはいらだちのしぐさで片手をブロンドの髪に当てた。「最初は、私が不貞を働いたとなじって、この赤ちゃんが自分の子ではないと言った。今度は私にプロポーズして、この子を跡継ぎにしようとしている。どう考えればいいの？　とても現実のこととは思えない」

リリーはヴィートの青い瞳を見あげた。こちらを見つめる彼の視線に、たちまち欲望を感じてぞくぞくする。またエレベーターの中に戻ったかのようだ。狭い空間に閉じこめられ、二人の間に強烈な電気が流れていたときと同じだった。

「これが現実だ」

ヴィートは前に進み、リリーとの距離を二歩で埋めた。まだリリーに触れてもいない。だが、彼女にはヴィートの言葉の意味がはっきりとわかった。

性的な引力。熱い波がリリーの体の中で高まっていき、全身を燃えあがらせる。彼女は心の奥底で、ふたたびヴィートに触れられたいと願っていた。彼の両手で体じゅうをまさぐられたいと。

「現実かもね」意味ありげな視線を全身に走らされ、急に声がかすれたのでリリーはぞっとした。「でも、そんなのホルモンの問題よ。なんの意味もない」

「君がバージンだったことは、僕にとって意味があった」彼はきしんだ声で言った。目は信じられないほど暗さを帯び、顎のあたりの筋肉が脈打ち始めた。「君にはそんなものが無意味だったとわかるまでは。さっさとほかの男に体を差しだしたんだからな」

ふいに、残忍と言ってもいいほどの表情がヴィートの顔に浮かんだ。彼はリリーをつかまえ、唇を彼女の唇に激しく押し当てた。

リリーはキスされて、衝撃のあまり心臓が飛びだしそうになり、めまいがした。だが、ヴィートは強い力で彼女を押さえつけていた。これまで彼が手荒な仕打ちをしたことはなかったが、リリーの体はたちまち反応した。彼への熱い欲望が燃えあがる。

頭の命令に従って弱々しく抵抗したものの、リリーは全身の緊張を解いてヴィートの腕の中に倒れこんだ。彼はリリーをしっかりと抱き寄せた。麻のスーツ越しに、お馴染《なじ》みとなったヴィートの体のすばらしい熱さをリリーは感じた。

ヴィートの口の下でリリーの唇から力が抜けた。口を開き、彼の舌に中を探られるままになる。

ああ！　どれほどヴィートが恋しかったことだろう。また彼に寄り添いたいとどんなに思ったことか。熱烈にキスを返し、頭はくらくらしたが、リリーが切望したのは体の触れ合いだけではなかった。彼女は自分たちがそうだと思いこんでいた、驚くべき関係が恋しかった。彼にたまらなく会いたかったのだ。

ヴィートの手はリリーの頭を支え、顔を仰向けにさせていた。唇をむさぼられ、リリーはめまいがするほどの欲望を心の奥深くまで探られた。ヴィートは手を放していたが、リリーは彼の体にしっかりと体を押しつけていた。ヴィートのたくましい体からはまぎれもなく男性的な力が発散されている。

リリーは両腕をヴィートの背中にまわし、上着の中に手を滑りこませた。まるで意志を持っているかのように、彼女の手は勝手に彼のシャツを引きだし始めた。ヴィートの肌を指先に感じたい。手のひらの下で彼の筋肉が動くのを感じたい。

ふいにリリーは自分の行動に気づいた。

「やめて！」精いっぱいの力を振り絞り、リリーはヴィートのキスから逃れると、やっとの思いであとずさった。「私がしたいのはこんなことじゃないわ」彼女はあえいで震えながら部屋を横切り、ロンドンの金融街《シティ》を見おろす大きな窓のそばへ行った。

「どうしたいんだ？」彼はだしぬけに言った。

「物事が元どおりになればいいのに」リリーは急に胸がいっぱいになり、思わずそう口走った。

「だったら僕を裏切る前に考え直すべきだったな」ヴィートはきしんだ声で言った。

「裏切ってないわ！　今ではどうでもいいけれど」

「どうでもよくない。それですべてが変わった！」

「でも、私たちの関係は……どっちみち見かけどおりのものではなかったのよ」目の奥を涙が刺すのを感じ、ヴィートに見られないようにリリーはうつむいた。「あなたは私が思っていたような男性ではなかった。さもなければ、私についての嘘《うそ》を言われても信じたりしなかったでしょう。やってもいないことで、そんなにひどく私を責めなかったはずよ」

リリーは振り返って窓の外を見たが、そこに映った自分の姿に気づいた。目を大きく見開いて途方に暮れ、しわくちゃの麻のスーツを着た姿。今朝、きちんと伸ばす時間がなかったので、なんとか後ろに引っつめてまとめた髪から巻き毛がいくつも飛びだしている。

でも、今は直しようがない。しわしわの上着を思わず両手で撫《な》でつけ、深呼吸を一つすると、くるりとまわってヴィートと向き合った。

「帰るわ」内心は激しく動揺していたのに、平然とした声が出せたことをリリーは誇らしく思った。

「いや、帰れない」彼の口調は石のように冷たかった。「君はまだこのことをじっくり考えていない」

「考えることなんて何もないわ。あなたが私をどう思っているか、はっきりとわかったもの。なぜ、あなたと結婚するというのよ？」

「子供のためだ。君の子供を婚外子として育てたいのか？　父親のない子にしたいのか？」ヴィートは前に進むと両手でリリーの二の腕をとらえ、自分の言葉の重要性を強調した。「君の赤ん坊を、〝外聞の悪い事実〟として隠しておきたいのかな？」

「なぜ、そんなおぞましいことを言うの？」リリーの声は感情が高ぶって震えた。ヴィートの言葉はあまりにも鋭く真実を突いていた。リリーの子供時代の不安定な状態をぴたりと言い当てていたのだ。

「子供がそういう状態になればどうなるか、君は知っているからだ。レジー・モートンの外聞の悪い事実でいることがどんなものか、君は経験してきた」

リリーは唖然としてヴィートを見つめた。つかの間、息をすることも忘れた。心臓は鼓動を打つことを忘れていた。

すぐ逃げださなければと思った。できるだけ早くここから逃げなければ。リリーは反射的に身をひるがえし、窓のほうへよろけた。

めまいがするほど下にある通りを見おろし、リリーはくらくらした。これほどの高さからだと何もかも本物と思えない。悪夢の中にいるようだ。突然視界に霞《かすみ》がかかり、彼女は意識が遠のくのを感じた。

「リリー！」

霞を切り裂くヴィートの声が聞こえ、リリーは厳しい現実の世界に引き戻された。倒れないようにと、鋼鉄さながらの手で腕をつかまれている。彼はデスクのそばの大きな革張りの椅子にリリーを運んだ。

「リリー」ヴィートは彼女の前で片膝をついた。つかの間、彼が心から自分を案じているのだとリリーは錯覚しかけた。けれども目の焦点が合うと、ヴィートの表情は相変わらず冷たかった。彼はリリーの顔がもっともよく見える位置を選んだだけなのだ。彼女にも、自分の顔がきちんと見えるようにということだろう。話に注意を払えるように。

「ひどく顔色が悪いな。今日は食事したのか？」

「顔色が悪くて当然よ」リリーは歯を食いしばって答えた。胃が激しくむかつき、今にも吐きそうだ。「今朝は不愉快な驚きの連続だったもの」

「食事はしたのか？」ヴィートは重ねてきいた。「どうしたら気分がよくなる？」

「あなたから離れれば大丈夫よ」リリーがすばやく立ちあがったので、ヴィートはのけぞった。だが、急に動いたのは失敗だった。またもや吐き気の波が押し寄せてきた。リリーはデスクをつかんで体を支え、めまいが起きかけるのを感じていた。

「座るんだ。君を帰らせるつもりはない。通りで気絶しそうだからな。そこまでたどり着ければだが」

ヴィートは片手をリリーの肩に当ててまた座らせ、もう片方の手でデスクの上の受話器をつかんだ。彼が矢継ぎ早に出す指示を彼女はぼんやりと聞いていたが、食べ物と飲み物を頼んだことはわかった。

リリーは目を閉じ、深く息を吸った。どれほどヴィートが憎くても、彼の前で吐くなんて恥ずかしいことには耐えられない。
二、三分たったと思われるころ、エレベーターのドアの開く音がリリーに聞こえた。分厚い絨毯《じゅうたん》にかすかな足音をたててヴィートが戻ってきた。目を開けると、彼はデスクにトレイを置くところだった。
「これを飲むんだ」ヴィートは命じ、氷水の入った大きなコップを差しだした。

リリーは声を出せず、黙って受け取った。ヴェネチアでの最後の日、ヴィートが氷水を用意してくれたときの記憶がよみがえる。彼は信じていたような優しくて思いやりのある恋人ではなかったかもしれないが、リリーが好きだったものをまだ覚えている。

それどころか、ヴィートはリリーが思った以上に彼女のことを知っているらしい。つらかった子供時代の話を心ないやり方で持ちだしたところを見ると。

「私の身元をかぎまわったのね」彼女は非難のまなざしでヴィートを見た。感情の表れていない彼の顔に気まり悪そうな表情がわずかでもないかと。だが、そんなものはなかった。相変わらず冷静に見える。

「当然、調べたよ。君は僕と暮らしていた。君の背景を徹底的に調べる必要があった。あらゆる極秘の資料に近づけたわけだからな」

リリーは嫌悪の表情でヴィートを見た。彼の生活をそんなふうに覗《のぞ》こうと考えたこともなかった。ヴィートに結婚歴があったのは知っていたが、結婚が破綻《はたん》した理由を探ろうとかぎまわったことなどない。

「私もあなたの背景を探るべきだったわね。そうすれば、自分がどんな男性に関《かか》わっているかわかったかも」

リリーは目からブロンドの巻き毛を払い、取り乱した表情で彼から顔をそむけた。この先がどうなるかはわからない。矛盾するさまざまな思いで心はばらばらになりそうだった。

今朝、〈L&G〉に来るべきではなかった。ヴィートがここの経営権を握る株主だとは知っていた。でも、彼はほかにも多くの企業をロンドンに持っている。私のプレゼンテーションに彼が現れるなんて想像できた？

　もしかしたら、心の奥のどこかでヴィートに再会することを望んでいたのかもしれない。許しがたい仕打ちをされたのに。とはいえ、リリーはこんな結末は予想もしていなかった。かつて愚かにも愛しているとリリーが信じた男性が、子供時代の屈辱的でみじめな経験を思い出させるとは考えられない。しかもそのあとでプロポーズするなんて。

「外聞の悪い事実などと、誰かに思われながら生きるのは楽しいものではない」沈黙を破ったヴィートの声は冷ややかで感情がこもっていなかった。「君の子供に同じ運命をたどらせてはだめだ。君の母親と同じ選択をする必要はない」

「外聞を悪いものにしているのはあなたよ！　それに、母のことはほうっておいて。母は田舎でホスピスの患者を相手に働いて、幸せに暮らしているわ」

「だが、君は不幸だ。それに子供時代は幸福にはほど遠かっただろう」

「私の子供時代なんて、あなたにわかるはずないでしょう」

「父親が君を認知しなかったことは知っている。君の母親に金をやって沈黙を守らせたことも。それに、君は彼にも二人の異母姉妹にも会わせてもらえなかった。これからもそうだろう。君を望まなかった男への好奇心を満足させるためだけに、母親が家も収入も失うことになってもいいというなら別だが」

「どうして私が父親に会いたがるのよ？」ヴィートの言葉の攻撃にくらくらしたが、リリーは思わず尋ねた。「彼は私にとってなんの意味もないわ」

「君が彼にとってなんの意味もないんだろう」

ヴィートは顔をそむけてデスクの上のトレイからペストリーを選んだ。リリーは水の入ったコップを壊れそうなほど強く握り、怒りの目で彼をにらんだ。

「あなたって最低」ヴィートの手にある皿に視線をそそぐ。ふいに彼と目を合わせるのがいやになった。

「ほら、食べたまえ」彼はコップを彼女の手から取り、光沢のある皿にのったペストリーを渡した。

「お腹《なか》がすいていないの」リリーは反抗的に言い、皿を押し返そうとした。

「それでも食べろ。血糖値をあげればもっと気分がよくなる。いくら君でも、異常なほど真っ青だ」

「いくら私でも、ですって？　私のことをわかっているふりはやめて。私の秘密についてはわかっているかもしれない。力ずくであなたの言いなりにさせる手段としてね。でも、秘密を知ったからって、その人を本当に知っていることにはならないわ」

「無理強いはしない。ただ、婚外子を抱えてひとりで生きていくことの意味を君がきちんと悟れるように助けているだけだ。それどころか、君はますます思い出すだろうな。なんといっても、婚外子がどんなものか、自分で経験したのだから」

「あなたがほのめかしたほど悪くはなかったわ」リリーは反論した。だが、かなり大変なものだったと心の中ではわかっていた。落ちこむ母親に絶えず対処し、見捨てられたという自分の気持ちや失望感も乗り越えなければならなかった。リリーは自分の子供に、望まれていないとか価値がないとか感じながら、父親なしで育ってほしくなかった。

「君の子供を守りたくないのか？　僕と結婚するんだ。そうすれば赤ん坊は、君の子供時代を台なしにしたみじめな境遇から救われる」

「私の子供時代はみじめじゃなかったわ」リリーは自分の声に疑わしげな響きを聞き取ったが、そう考えるだけでも母親に対して不誠実だとふいに感じた。

「僕の跡継ぎとして、君の赤ん坊にはあらゆる可能性が開けている」ヴィートは続けた。「それに、君は母親が経験したようなつらい思いをせずにすむ」

「理解できない」彼の求婚は予想外だったし、ひどく困惑させられた。これ以上、どう考えればいいのだろう。「どう言ったらいいかわからない」

二カ月前にヴィートに求婚されたなら、信じられないほど幸せに思っただろう。今は状況が変わった。彼が私を愛していないことは明らかだ。信頼すらしていない。なのに、私の子供に機会を与えようと申し出ている。今は子供のことを考えるのが、何よりも大切なんじゃないの？　ヴィートが与えてくれるという、私の子供の人生を拒絶なんかできる？

「君はどう答えたらいいかわかっているはずだ。結婚を承諾すべきだよ。こういう状況だから、できるだけ早く結婚式の手配をしなければならない。今日の午後、ヴェネチアへ飛ぼう」

ヴィートはリリーを見つめた。背もたれの高い革張りの椅子に身じろぎもせずに座っている。私のことを知らないとリリーに指摘されたが、もっともだと彼は思った。リリーを知らなかった。愛らしくて無垢《むく》で恋人もいなかったと思ったこの女性は、ほかの男の子供を彼の子として押し通そうとしたのだ。

リリーはヴィートが半年近く一つ屋根の下で暮らした、情熱的だがためらいがちの恋人と同じ人間にも見えなかった。身構えるようなそぶりは彼に馴染みのないものだった。体重がかなり減ったらしく、似合わない麻のスーツに包まれた彼女の体は骨ばった感じがする。はしばみ色の目の下に疲労でできたくまがあるため、痛々しいほど細くなった顔の中で瞳がなおさら大きく見えた。それにリリーは髪を妙なスタイルにしている。ともに暮らした五カ月間、ヴィートが一度も見たことのない髪型だった。

だが、外見が変わったとはいえ、ヴィートがリリーに感じた強烈な魅力は少しも衰えていなかった。

初めて彼がリリーに目を留めたときと同じだった。彼女はヴィートの別の会社で重役たちの前に立っていた。今日売っていたパソコンソフトの一つ前のバージョンを売りこんでいたのだ。ヴィートはその会議にも出席した。彼の頭には彼女が何者か突き止めなくてはという思いしかなかった。

ヴィートはなんとしても彼女をディナーに誘おうと思ったのだった。親しくなり……ベッドに連れこまなければならない、と。

あのときヴィートの体に押し寄せた強烈な欲望は、溶岩さながらに今でも全身に熱くうずいている。

ヴィートはリリーを引き寄せて、頑《かたく》なな緊張感が溶けるまでキスしたかった。溶けるはずだ。彼へのさっきの反応から想像できる。抵抗してみせているが、リリーはヴィートが彼女を求めているのと同じくらい、まだ彼を求めているに違いない。

ヴィートはリリーの全身に両手を這《は》わせたかった。彼女がうっとりして言いなりになるまで。うなじで髪を留めているクリップを外したい。並外れた巻き毛を自由に乱れさせたかった。リリーの髪が自然な状態にあるのを彼が見たのは、とりわけ情熱的な愛の交歓のあとだけだった。彼女はいつも何時間もかけて髪をまっすぐに伸ばし、滑らかで洗練されたスタイルにしたものだ。ヴィートは乱れた髪のほうが好きだった。激しい愛の交わりを連想させるから。

「たとえ私が承諾しても、今日の午後に旅立つ準備はできないわ」リリーの声にヴィートははっとして物思いから覚めた。「するべきことがいくつもあるし、わけを話さなければならない人たちもいるの」

「当然、準備できるさ。細かい仕事はすべて僕に任せたまえ。いったんヴェネチアに着いたら、必要な誰にでも連絡すればいい。住所が変わったとね」

リリーが今にも承諾しそうだと見て取り、満足の笑みが浮かびかけるのをヴィートは抑えた。彼女がプロポーズを断るはずはなかった。

リリーが彼を裏切りながら事実を否定したため、ヴィートは彼女の人格を誤解したのだ。だが、彼はリリーの子供時代がどんなものかを知っていた。不安定な状況のせいで彼女や母親がどのような影響を与えられたかをさりげなく思い出させれば、求婚を承諾するに違いないという自信があった。

「いいえ、私に必要なのは――」リリーは言いかけた。

「君がプレゼンテーションに持参した機器は会社のものだろう」ヴィートは電話しようと受話器を取りあげた。「宅配業者を頼んで返させよう」

ヴィートはリリーを手中に収めていた。あとはできるだけ早く準備を整えることだ。それから、祖父が何年も聞きたがっていた知らせを伝える。サルヴァトーレ家の名が存続するということを。

祖父は喜びのうちに生涯を終えるだろう。サルヴァトーレ家の跡継ぎができたと信じながら。そのあと、不要になったリリーにヴィートは復讐《ふくしゅう》するつもりだった。彼女と赤ん坊を捨てることによって。

すみやかに離婚するのだ。そうすれば僕の人生はたちまち元に戻るだろう。リリーと、彼女の裏切りの証拠はもはや僕の人生と無関係になる。

「でも、ただイタリアに姿を消すわけにはいかないでしょう。みんなが心配するはずよ」

「僕たちが元の鞘《さや》に納まって結婚することになったと、手短に伝えれば充分だ」

「誰も信じないわ」子供が安心して暮らせるようになるためだけにヴィートと結婚すると知ったら、自立した友人のアンナはどう思うだろう。「あなたが私にどれほどひどい仕打ちをしたか、みんな知っているのよ。作り話をしても、誰もだまされないわ」

少なくともアンナはね、とリリーは思った。ロンドンに戻ることになった詳しいいきさつをなぜか母親には話していなかった。

「だめだ」鋼のように空気を切り裂く言葉だった。「これが普通の結婚ではないと誰にも知らせるな」

「でも……」いきなりヴィートに両手を取られて立ちあがらされ、リリーは言いよどんだ。彼女はまともに彼と向き合っていた。ヴィートが発する激しいものが感じられる。リリーは不安で胸がどきどきした。ヴィートはひどく真剣だ。

「誰も知ることはない」彼は声を高め、目に炎を燃やした。「これが通常の結婚だとみんなに信じこませるんだ。君が身ごもっている子供が僕の子だと。それに失敗したら、君とその子を捨てる」

リリーは呆然《ぼうぜん》としてヴィートを見つめた。

彼女は成長するときに経験したものを自分の子供には味わわせたくなかった。ヴィートが口にした〝外聞の悪い事実〟という言葉が頭に鳴り響いている。リリーの子供時代がどんなふうだったかを、ヴィートは苦痛を感じさせるほど正確に言い当てた。

打ちのめされ、心配事や自己不信にしばしば悩まされる母親と暮らすのは大変だった。家計は苦しくて家庭に父親の姿はなく、とりわけつらかったのは、ほかの子供たちからいつも残酷なからかいを受けることだった。

父親がリリーに会いたがらないと知ったときは、胸が張り裂ける気がした。生まれてこなければよかったのにと思われたことだろう。自分の子供には父親の顔を知らずに育ってほしくない。それにこの子は間違いなくヴィートの子供なのだ。

私は承諾しなければならない。これから生まれる子供のために、ヴィートとの結婚を受け入れよう。

4

リリーは青い矢車草を生けた大きな花瓶をテーブルに置いた。その横にアンナ宛《あて》の手書きのメモを並べ、狼狽《ろうばい》の表情で唇を噛《か》みながらあとずさった。

ここへ来たときも突然だったが、急に友人の人生から姿を消すのはいやだった。だが、飛行機に乗る時間が迫っており、事情を直接説明できない。それに面と向かって友人と話せば、取り乱してすべてを打ち明けてしまいかねなかった。まだ生まれぬわが子の未来は、ヴィートが要求する芝居をリリーが演じられるかどうかにかかっている。最初の難関でつまずきたくなかった。

矢車草は見栄えがしたたし、アンナの好きな花だとリリーは知っていた。フラットに戻る途中の花屋でそれを見つけたとたん、アンナのために大きな花束にしてもらおうと決めたのだった。

六週間わが家だったフラットを、リリーは見まわした。本当の意味での家とは違うが、アンナがそばで元気づけてくれたことにとても感謝していた。ヴェネチアでは慰めてくれる人もいないだろう。

荷造りはすぐにすんだ。ヴェネチアを離れたときから荷物は少なかった。リリーは待ち受けているリムジンにかばんを運んだ。運転手は急いで彼女に手を貸し、荷物はたちまちトランクに収まった。リリーは歩道に立ち、手の中の鍵《かぎ》に視線を向けた。行かねばならないのに、突然、行くのがいやになった。

ぐったりしたまま二階までまた階段を上り、これが最後とフラットに入った。メモと、矢車草を生けた花瓶の横に鍵を置き、家から出るとドアを閉めた。反射的にドアを押し、鍵がかかったか確かめる。ふいにリリーは自分の人生から締めだされた気がした。動こうとしないドアから手を離したとき、リリーは自由に別れを告げたことを悟った。

数時間後、ヴェネチアの上空を旋回する飛行機の中で、リリーはヴィートの隣に座っていた。飛行機は海を横切り、潟《ラグーナ》の外れに着陸しようとしている。六週間前、彼女が妊娠を告げた翌日に飛び立った街とは一変していた。あのときは朝までに大半の霧が消え、空港の閉鎖は解かれたが、街は不気味なほど真っ白に見えた。広い海は金属のような鈍色《にびいろ》だった。

今は太陽が西側の空の低いところで明るく輝いている。ラグーナの水の色は見事なブルーで、沈みゆく夕日のせいで金色を帯びていた。空から見たヴェネチア自体もすばらしかった。つかの間、リリーは一度もここを離れなかったような錯覚に陥った。でも、今は何もかもが以前と変わっているのだ。

「水辺まで歩けるほど気分はいいか？」横からヴィートの声が聞こえた。リリーは驚いて振り向いた。そう遠くない船着場でヴィートの船が自分たちを待っているのだろう。前はいつも彼と歩いたものだ。

「歩きたいわ。尋ねてくれてありがとう」リリーはプレゼンテーション用に履いたハイヒールの靴のままだった。足が痛み始めていたが、飛行機に乗ってきたあとはどうしても新鮮な空気を吸いたかった。

間もなく二人は街を目指して船で移動していた。リリーはラグーナに出るのが好きだった。ヴェネチアに行くため、千年以上も前から人々がそうしてきたように海を渡るかと思うと、いつもうっとりしたものだ。それからあっという間にヴィートとリリーの船は迷路さながらのヴェネチアの運河を進んでいた。彼のゴシック風の屋敷《パラッツオ》の水門が近づいてくる。

リリーは、この前ここで船を降りたときのことを思い出さずにいられなかった。あの午後、霧のせいで骨まで凍えながら、妊娠の知らせを聞いたヴィートがどう反応するかと案じたものだ。でも、あれこれ考え合わせると、リリーは楽天的だった。ヴィートがとったような無情でわけのわからない行動は予想もしなかったのだ。彼はまずリリーを追いだした。それから自分のもとに戻って妻になれと命じたのだが、その理由が彼女にはまだよくわからなかった。

リリーは落ち着いた足取りで大理石のステップを上った。パラッツォを離れ、ヴィートとの暮らしに別れを告げるのはひどくつらかった。だが、こんな状況でここに戻ってくるのも同様につらい。

「今夜は休みたいだろう」数人の使用人がリリーの荷物を運び、ヴィートは彼女を階段のほうへ導いた。

「それがいちばんんね」リリーはふいに目の奥を涙が刺すのを感じた。幸せに過ごしていた場所に戻ってきたせいで、思ったよりも感情的になっている。

ヴィートはかつて二人で使っていた広い寝室にリリーを連れていくと、無言で去った。つかの間リリーは立ち尽くしたまま、まわりを見た。とても馴染《なじ》み深いのに、ひどく場違いな感じだ。深呼吸を一つして、きっぱりした足取りで荷物のところへ行き、洗面用具とナイトウエアを取りだした。

疲れて動揺していたが、リリーは感情に流されまいと思った。どんなことに巻きこまれているか考えないようにする。ヴィートは自分をゲームに引きこもうとしているが、意志を強く持って前向きになるつもりだ。弱い面を彼にさらけだしたくなかった。

もう外は暗かったが、それほど遅い時間でもない。だが、妊娠しているせいと、その日のストレスのせいで疲労し、たまらなく眠かった。あとでヴィートがここに来るに違いないが、運がよければ彼が現れる前に眠ってしまえるだろう。

翌朝、リリーはひとりきりで目を覚ました。美しく塗られた天井やムラーノ・ガラス製のシャンデリアを見あげ、ぐっすり眠っていたと気づいた。もっと大事なのは、ここ数日間よりずっと気分がいいことだ。やっとつわりが楽な時期に入ったのかもしれない。慎重に起きあがり、ベッド脇《わき》のテーブルにある氷水のコップに目を留めた。コップには水滴がついていて、思わず飲みたくなるほど冷たそうだ。その横には地元のパン屋の、リリーが気に入っている甘いロールパンがのった皿が置いてあった。

リリーは苦笑した。シャワーを浴びて着替える前に何か食べれば、胃のむかつきは治まる。だが、リリーの状態をどれだけ理解しているかをいまだに誇示するヴィートに、なぜかいらだった。コップを取りあげ、生き返る思いで水をひと口飲んだが、反抗的にこう考えていた。今は冷たい牛乳のほうが好きなのと彼に言ってやろうか、と。

ロールパンを一つ食べ終えたとき、ドアが開いてヴィートが入ってきた。

いつもそうだが、彼は驚くほど魅力的で、磨かれたばかりの手縫いの革靴にいたるまで完全に身なりを整えていた。ぴったり合った洗練されたズボンと黒のカシミヤセーターを身に着けている。たくましい筋肉質の体を包む贅沢《ぜいたく》で柔らかいニットのせいで、男性的な力がいっそう強調されていた。リリーは胸がどきどきした。抱かれたときのそのセーターの感触を覚えている。そんな物思いを押しやり、目を上げてヴィートのハンサムな顔に視線をそそいだ。

「起きたのか」彼はベッドの足元に立ち、探るような視線を彼女に走らせた。「昨日より元気そうだ」

「当然よ」リリーはしっかりと彼の目を見返した。見つめられてそわそわしかけるのを堪《こら》えながら。長袖《ながそで》でネックラインがつまり、着心地はいいが古ぼけたナイトシャツを着ていてよかったと思った。ヴィートはいつもそれを嫌っていた。うれしそうに買い与えた、薄くて透けるナイトウエアを着てほしがったものだ。「昨日は私の人生で最悪の日だったもの」

「君に会ってほしい人がいる」ヴィートは彼女の皮肉を気にも留めなかった。「祖父が病気なんだ。僕たちが見舞いに行けば、元気が出るだろう」

リリーは唖然《あぜん》として彼を見つめた。ヴィートと暮らした五カ月間、一度も彼の祖父に会わせてもらえなかった。すぐ近くに住む祖父を彼が定期的に訪ねていたのは知っている。だが、恋人という立場の自分が彼の家族に会えるはずもないことは理解していた。

「お祖父《じい》様に話すつもりなのね?」ようやくリリーは声が出せた。

「もちろんだ。僕の祖父だからな。こっそり結婚するために君をここへ連れてきたのではない。その点はかなりはっきりさせたはずだが」

「そうね。ただ、とても急な決断だったわ。物事が複雑になりすぎて変えられなくなる前に、よく考える時間をとったほうがいいかも」リリーは胸の前で腕組みして考えた。いったん誰かに結婚のことを知られたら、間違いなくあと戻りできなくなる。

「もう決まったことだ。あとは僕たちにとって大事な人々に報告し、結婚式の準備を始めるだけだよ。昨日も言ったが、できるだけ早く式を挙げよう」

リリーは目をそらした。結婚を本当に公表するのだと考えて衝撃を受けた。アンナへの置き手紙には詳しく書かなかった。ヴィートと偶然会ってお互いの誤解が正されたから、彼とヴェネチアへ行くとだけ記した。結婚するなら母親にも告げなければならない。だが正直言って、母に知らせたくなかった。というより、親しい誰にも話したくない。わが子にとって最善の方法なのだから結婚すべきだとわかっていたが、受けた仕打ちのせいでまだヴィートに不信感があった。今の自分への態度にも不安を感じる。

私をよく知って気遣ってくれる人々の前で、これが完全に普通の幸せな結婚だなんてふりができる？　でも、結婚の裏にある真実をさらけだすわけにはいかない。当たり前の幸福な結婚という芝居をし続けなければならないと、ヴィートははっきりと言ったのだ。私の子供の将来がかかっていると。

「君の支度ができしだい、出かけよう」ヴィートはドアに向かって歩きかけた。「祖父の調子がいちばんいいのは午前なんだ。午後は眠ることが多い」

リリーは上がけを押しやってベッドから出ると、バスルームに向かった。三十分後、彼女は化粧台の前に座り、メイクの最後の仕上げをしながらヴィートが戻ってくるのを待っていた。

ヴィートの祖父と会うのが不安だった。リリーは念入りに身繕いをして神経をなだめようとした。洗ってまっすぐ伸ばしたので、肩甲骨の下あたりまで滑らかなブロンドの髪が波打っている。メイクは控えめで自然な感じにしたが、巧みに頬紅を差し、顔が血色よく見えるようにした。

アイボリー色の麻のスーツをまた着た。旅をしてきたせいで少ししわができていたが、ほかの服はまだでたらめにかばんにつめこんだままで、これより見栄えがしそうにない。リリーは鏡を覗《のぞ》き、華やかではないが、見苦しくはない格好だと思った。

ドアが開き、ヴィートが部屋に入ってきた。

「行く用意はできたわ」リリーはさっと立ちあがり、バッグに手を伸ばした。

ヴィートはリリーに視線を向け、昨日とは違う細かい点に気づいた。彼女はそれほどくたびれた外見ではない。背中の中ほどまで覆う髪は輝くベールのようだ。冬じゅうヴィートが生活をともにした、若く美しい女性に戻りかけている。だが、前日の似合わないスーツをまだ着ていた。

「この服が申し分ないとは思ってないわ」ヴィートの心を読んだようにリリーは言った。

「でも、ほかにはふさわしい服がないの」彼女はつけ加えた。

「ドレスのほうがいい」ヴィートはリリーの片側にある、作りつけの大きな衣装だんすを開けようと向きを変えた。「少し明るい色の服が望ましいだろう。祖父の朝を陽気なものにするために」

「でも……」リリーは唖然として衣装だんすを見つめていた。「全部私の服だわ」

「君は持っていかなかった」

ヴィートはミラノでリリーに買ってやったピーチ色の柔らかなシルクのドレスを選びだした。リリーは自然な淡い色にいつも惹《ひ》かれた。好みはクリーム色とアイボリーだった。そういう色も似合うが、彼はもっと明るい色を選べと促したものだ。「買ってやった服はどれも気に入らなかったようだな」

「私がお金を払ったわけではないし。どれもとても高価で、持っていこうなんて思いもよらなかった」

「当然、君のものだ」ふいにヴィートはいらだちを感じた。リリーに服を買うのは楽しかった。残された服を見たとき、リリーの裏切りが思い出されて苦痛だった。彼女が恥知らずにも不貞を働いたうえ、悪意を込めて彼を平手打ちしたように感じた。「僕がこうしたものをどうすると思ったんだ?」

「わからないわ」リリーは髪を手で撫《な》でつけたが、そのしぐさは彼女の動揺を示していた。

「売るかもしれないと思ったのかも。それとも捨てるとか。まだたんすにあるとは思いもよらなかったわ」

ヴィートは振り返ってリリーを見つめた。ピーチ色のドレスをベッドに広げながら、わざと感情を顔に出すまいとした。リリーが残していったものをすべて片づけなかった理由を深く考えたくなかった。

ここ数年間で一緒に暮らした女性の数はさほど多くない。ひとたび関係が終わったとヴィートが判断すれば、そこでおしまいだった。完全に。たいていの場合、女性たちはすべてを持ち去った。その後も残ったものはすばやく片づけられ、誰かが彼の家で暮らしていた痕跡《こんせき》はあとかたもなく消される。

だが、リリーの持ち物をどうするかと家政婦に尋ねられたとき、ほうっておけとヴィートはどなった。気の毒な家政婦は二度とその件を持ちださず、荷物には手を触れなかった。リリーのものをたんすや戸棚にしまって目に入らないようにすることはできた。だが、彼の心から完全に消し去るのは無理だった。

「君は服も宝石も置いていった。だが、僕が買ってやった下着は一枚残らず持ち去ったじゃないか」

「服や宝石は高価すぎたから」リリーの顔は上気していた。ヴィートの体はかっと熱くなった。

「下着も高価だった」ヴィートは一歩踏みだし、彼が近づきすぎたのにリリーがあとずさらないことに気づいて、満足感を覚えた。「知っていたはずだ」

「私の下着をどうしたかったの？」はしばみ色の瞳をきらめかせ、リリーは挑戦的に顎を上げた。「あなたでさえ、中古の下着は売れないでしょう」

「売ろうとは思わなかった」彼はわざと誘惑的に声を低めた。「僕のために欲しかったんだ。君は去ってしまったし、夜は長いからな……」

リリーは息をのんだ。ふいに言葉が出なくなり、ヴィートのハンサムな顔をまじまじと見つめた。「よくも……よくもそんなことを……」

「驚いた顔をしなくてもいい。ごく当たり前の欲望だよ。僕たちの関係がどれほどよかったか知っているだろう……体の面でだが。君を思い出すものを欲しがったからといって、悪いことはない」

「やめて」リリーはうろたえた声を自分があげていることに気づいた。だが、ヴィートの声は彼女の体の中に響き、愛し合ったときのことを思い出させた。

「僕は薄っぺらで小さなものを握りしめながら、僕たちがともに過ごしたすばらしい時間を思い出したかったんだ」彼は物憂げに言った。半ば閉じたセクシーなまぶたの下から、あからさまにベッドへ誘う目でリリーを見る。「シルクの布で僕の肌を撫でたかった。僕に触れる君の肌の感触を思い浮かべて」

「やめて」彼女の頬は紅潮し始めた。「そんなに欲しければ、新しいものを買えばよかったでしょう」

「それでは同じものと言えない」彼の官能的で豊かな口は意味ありげな微笑をたたえていた。「君の体に触れたシルクだという点が肝心だ。君の秘密の場所に押し当てられていたことが……」

リリーは唇を噛み、こんな会話を終わらせるためのきついひと言を考えようとした。ヴィートがこうした話し方をするのはあまり聞いたことがない。だが、落ち着かない気持ちにはさせられるが、不思議なほど興奮をかきたてるものがあった。

「僕が買ってやった下着を今着けているのかな？」ヴィートは視線をリリーの全身に走らせた。X線さながらに麻のスーツを通して、どんな下着か見抜けるとでもいうように。

「それとも、全部捨てたのか？　僕たちの神聖な関係を捨てたのと同じに？」

「私が服の下に何を身に着けていようと、あなたに関係ないわ」彼女は息がつまりそうなことに驚いた。

「かつては関係あった」ヴィートはリリーの横に膝をつき、温かくて大きな両手を彼女のヒップに当ててた。そっとリリーを引き寄せ、頬を彼女のお腹《なか》に押し当てる。「以前の君は、仕事から帰った僕にぴたりと抱き寄せられるのが好きだった。僕が両手で君の脚を愛撫《あいぶ》し、スカートの下から手をしのばせることが気に入っていた。もっとも感じやすい部分を覆うシルクとレースを指でなぞられることが」

「もう終わったことよ」ヴィートの言葉のせいで、危険なほど快感をかきたてられながら、リリーはどうにか冷静な声を保とうとした。ヴィートの手で全身に触れられることが好きだったのは間違いない。「あなたが私にひどい仕打ちをする前のことだわ」

「そうだ」ヴィートはリリーのヒップから腿へとゆっくり手を這《は》わせた。「ああした時は終わった。けれども今、僕たちの関係は別の段階に入ろうとしている。間もなく夫婦になるんだ」

リリーはヴィートの手の動きをまざまざと感じながら、身動き一つしなかった。慣れ親しんだ彼の愛撫のせいで相反する感情が押し寄せてくる。彼女の体はヴィートを知っていた。彼が与えてくれるすばらしい喜びを覚えていたのだ。だが、リリーの心は体と裏腹だった。とても許せないような仕打ちをしたヴィートに応《こた》えられるはずないでしょう？

「前と同じ関係にはならないわ」リリーは言った。自分が大切にされていると信じていたとき、彼との愛の交歓がどれほど特別だったかと思いながら。ただのセックス以上のものだといつも思ったのだ。

「もっとよくなる」ふいに彼はリリーのスカートのファスナーを下ろした。「結婚を強固なものにしてくれるだろう。僕たちはどちらもこの結婚を失敗させたくないと思っている。賭《か》けているものがあまりにも大きいからな」

スカートがするりと床に落ち、リリーはどきりとした。彼女の一部には、バスルームへ逃れて温かでふわふわのバスローブで体を覆いたいという気持ちがあった。だが心のほとんどは、恥知らずにも楽しんでいた。フランス製のレースのショーツにヴィートが走らせる視線を。

「おそろいのブラを着けているのかい？」彼は立ちあがり、リリーの上着の前ボタンを外し始めた。

リリーはじっとしているのが大変だった。欲望がどっと押し寄せ、かつてないほどの活力を感じる。ヴィートの腕の中に戻るのをただ待ちながら生き続けてきたような気がした。ヴィートがリリーの人生に猛然と舞い戻り、結婚を要求してから、こうした事態になることは避けられないと彼女にはわかっていた。ヴィートはとてつもなく精力的な男性だ。この結婚を成功させるつもりなら、性的な結びつきがより重要な役割を果たすだろう。

だが、ヴィートの手の動きはあまりにも遅かった。服を脱がせるのに果てしなく時間がかかる。リリーはヴィートの手を体に感じたくてたまらなかった。彼の体を自分の肌で感じたかったのだ。愛の行為が待ち遠しい。このあとそうなるはずだ。事がすんだあとは、すべてが普通の状態に戻ったというふりができるだろう。ヴィートがリリーを捨てたことなどなく、この六週間などなかったというふりが。

ついに上着が落ち、伸縮性のある、地味なレースのキャミソールが現れた。彼はキャミソールの裾《すそ》をつかんで彼女の頭から脱がせた。それからあとずさり、リリーの全身に視線を這わせた。

リリーはレースのブラジャーとフランス製のショーツ姿で彼の前に立った。ガーターベルト不要のストッキングとハイヒールはまだ履いている。熱い期待感が体にこみあげる。胸のふくらみが重く感じられ、レースに触れる胸の先が硬くなるのがわかった。

ヴィートにはほとんど触れられていなかったが、性的な興奮がリリーの全身を駆け巡っていた。もっとも敏感な部分がうずき、彼への欲望が耐えがたいほどだ。むきだしの肌が紅潮したのを感じる。ヴィートを受け入れる準備ができていることを示して。

リリーを見つめるヴィートの青い目が濃さを増した。自分の姿が彼にどんな影響を及ぼしているか、彼女はよくわかった。彼の呼吸が速くなり、愛し合いたいという表情が顔に浮かんでいる。だが、ヴィートはそばへ来ようとしない。

ふいにヴィートはよそよそしい表情になり、振り返ってベッドからピーチ色のドレスを取りあげた。

「やせたな。だが、これぐらいのスタイルなら許せるだろう」

「許せる？」

ヴィートの言葉にリリーは頬を打たれた気がした。

その瞬間、リリーは悟った。彼女がしたと思いこんでいる行為を彼は許さないだろうと。

彼が誤解していることも、リリーが犯したと思っている罪を証明できないことも関係なかった。いくら彼女が否定しても、ヴィートは聞く耳を持たないのだから。

「許しを請うのはあなたのほうよ。あんなひどいことを私にしたんだから。まだこんな仕打ちをすることに対してもね！」リリーは服を床からすばやく拾い、自分を守るように体に引き寄せた。

彼は愛し合うつもりなどなかったのだ。今朝のこんな行動は、私を辱めることだけが目的だった。

だが、リリーは結果を考える間もなく思ったことを口にしてしまった。こちらを向いたヴィートの怒りは目に見えるほどだった。

「その話はもうやめろ」彼は食いしばった歯の間から言葉を絞りだした。必死に憤りを抑えようとしているのが見て取れる。「君に勝ち目はない。勝てないんだよ。君が裏切ったことを絶えず僕に思い出させないほうがみんなのためだ。そのお腹の中にいるのがほかの男の子供だという事実をな」

「だけど――」

リリーを黙らせるためにヴィートがまた話す必要はなかった。視線が合ったとたん、彼の目に浮かんだ苦悩の色にリリーは痛みを覚えた。突然、彼女ははっきりとわかった。彼女の不実を信じこんでいることで、ヴィートがどれほど苦しんでいるかを。

でも、裏切られたと彼が信じているのは私のせいではない。私にそんな行為ができると思いこんでいる人と暮らすのはどうかしているだろうか？　けれども、私は決断を下したのだ。生まれてくるわが子のために、ヴィートと結婚しなければならない。

私が裏切ったとヴィートが信じている理由をあとで見つけよう。でも今は、それに触れずにおくべきだろう。彼がこれほど傷つき、激怒している間は理性的に会話する機会など望めるはずもない。

「これを着たまえ」ヴィートはドレスを差しだした。

リリーは黙って頭からドレスをかぶり、長い髪を片側にまとめ、ファスナーを上げてもらおうと背中を向けた。わざと肩をそびやかし、自分の意志も固いのだと示す。今は彼と争うつもりはない。でも、彼の容赦ない力に抑えこまれるつもりもなかった。

ヴィートは少しもリリーに触れずにファスナーをゆっくりと引きあげた。リリーは静かに息を吐きだし、敏感な背筋をヴィートの指がかすめた場合に備えて息をつめていたことを悟られまいとした。それから彼女は向きを変え、鏡で自分を見た。

こちらを見返す女性はリリーにとって馴染みがないものに思えた。このドレスを着てこの寝室で寝起きしていた女性は、別の世界の人間だった。もっと幸福だったときの。

この結婚を乗り切るつもりなら、自分の権利を主張するべきだとリリーは思った。脅されたり、ひどく強力な立場を示されたりしても、踏みにじられたままになる気はないとヴィートに示すのだ。

「かなりましになったろう」ヴィートは言った。恩着せがましい口調に彼女はいらいらした。彼はバッグを渡し、ドアに向かった。「祖父の家へ行こう」

「ちょっと待って」リリーはスエードのバッグをしっかり抱え、一歩も引くまいとした。

「なんだ?」ヴィートはいらだたしげに振り返った。

「そのセーターだけど」リリーはバッグをベッドにほうり投げ、きびきびと彼に歩み寄った。「それじゃよくないわ。お祖父様を本当に元気づけたいなら、気分が滅入《めい》るような黒のセーターじゃだめよ」

「祖父は僕のことなど見もしないよ……」ヴィートの声は尻つぼみに消えた。リリーが柔らかなカシミヤのセーターをつかんで脱がせ始めたのだ。

「もっと明るくてさわやかなものがいいわ。淡いブルーのセーターは?」平静な口調を保つのに苦労したが、さりげない声が出せたことを彼女は誇りに思った。セーターの下に何も着ていないと気づいたからなおさらだ。男性的でうっとりするような香りが漂い、リリーはまた脚から力が抜けそうになった。

彼女は一歩あとずさり、ヴィートの見事な体に一瞬視線を走らせた。称賛のあまり、官能の震えが全身を貫く。いくらか支配権を取り戻そうという企《たくら》みが裏目に出そうだ、とリリーは悟った。

ヴィートは向きを変え、自分の衣装だんすへ行った。どうあがいても、リリーは彼から目をそらせなかった。何も着ていない彼を見るのがいつも好きだった。魅了され、興奮させられもした。金褐色の肌の下にはっきりわかる筋肉を見るたびに。

「君が選んでくれ」ヴィートはたんすの中にきちんと収まったセーターを指した。だが一瞬、彼が服のことを言っているのではないという印象をリリーは受けた。彼女が自分をどんな目で見ていたか、ヴィートは気づいたのだ。どんな反応を示したかに。

彼は伝えようとしているの？　私が先に行動を起こすなら、愛し合ってもいいと？

リリーはそんな考えを必死で追いやった。たぶんヴィートはまた私をからかっているのだろう。これ以上、恥をさらすつもりはない。

「これなら元気が出そうな色ね」リリーはブルーのセーターを彼にほうった。「お祖父様の一日を明るくしてくれるはずよ」

ヴィートは無言でそれを着た。そして鏡で自分の姿を見もせずにリリーの手を取り、ドアに向かった。

5

七十五年以上もジョヴァンニ・サルヴァトーレの家だった美しい屋敷《パラッツォ》〈カ・サルヴァトーレ〉は、雄大な大運河《カナル・グランデ》が走る街の中心部に立っている。

ヴィートの家からは運河を通ってジョヴァンニの家に行けた。両方のパラッツォの、運河に面した堂々たる入口を使えばいい。だが、歩こうとヴィートが言ったので、リリーは喜んだ。運河に沿って進んだり橋を越えたりして、迷路のような狭い通りを歩くことが懐かしかった。ヴェネチアで暮らしたのはわずかの間だが、出かけるたびに新たな発見があった。見知らぬ場所の探検はいつも楽しかったものだ。

今、リリーはヴィートと並んで不安そうに歩いている。祖父が年老いて弱くなったとヴィートは言ったが、ジョヴァンニが人生の大半を、世間から恐れられるヴェネチア切っての実業家として過ごしてきたことを彼女は知っていた。ヴィートは尊敬の念だけでなく、愛情もたっぷりと込めてよく祖父の話をしたものだ。

リリーが聞いたところによれば、ヴィートは子供のときに事故で両親を亡くし、祖父と暮らすために〈カ・サルヴァトーレ〉へ来たらしい。ジョヴァンニが今でもヴィートにとって非常に大切な存在なのは明らかだった。こうして訪ねていくように。みんなのために事がうまく運べばいいと彼女は願った。

バロック様式のパラッツォまでは遠くなかった。つかの間、大理石の柱といくつもの彫刻を備えた壮麗な建物をリリーは呆然《ぼうぜん》と見つめた。

「こっちは裏口にすぎない」ヴィートは際立った装飾を見あげながら、リリーの横で立ち止まった。「運河に面した建物の部分は一見に値するよ」

ヴィートの口調が意外で、リリーはほほ笑んだ。この歴史的価値がある広壮な屋敷で育ったことを、彼は当然だとは考えていないし、一族の遺産をとても誇りに思っているらしい。

彼女は横目でヴィートを見やった。一瞬、かつて知っていたヴィートらしく見えた。リラックスし、幸せそうと言っていいほどだ。ふいにリリーは悟った。彼は祖父に会って結婚の報告をすることを心から待ち望んでいるのだと。

ヴィートはリリーの手を取った。それは所有権を主張するサインとも、愛情のしるしとも見えただろう。自分の役割をうまく演じることがどれほど重要かを、リリーはまたも思い出した。彼はリリーを連れて建物に入り、二階に行った。そこにいた家政婦は、ジョヴァンニがベッドで休んでいると告げた。

老人の寝室に入ったとたん、何かよくないことがあるとリリーは感じた。祖父に視線を向けるなり、彼女の横でヴィートは体をこわばらせた。そして手を離すと、大股に二歩でベッドのそばへ行った。

「お祖父《ノンノ》さん？」ヴィートはかがんで祖父の耳元で話しかけた。「大丈夫ですか？」どうすべきかわからず、リリーはドアの横に立っていた。ジョヴァンニは休んでいると家政婦は言ったが、具合が悪いとはほのめかしてはいなかった。

「ヴィートか？」老人の声は弱々しかったが、孫息子の顔はわかったようだ。「疲れているだけだ」

「医者を呼んできます」ヴィートは言った。「お祖父《じい》さんの様子が気になるんです」

「はん！」ジョヴァンニは鼻を鳴らした。「私の様子など気に入ってもらわなくてかまわんよ。おまえの女たちじゃないからな」

老人がユーモアのある台詞《せりふ》ですばやく切り返したのでリリーは微笑した。ヴィートの女たちという表現には不安になったが、ジョヴァンニが機転を利かせて孫に答えたのは明らかだった。それに、ベッドから離れられない状態でも、ジョヴァンニがいまだに侮れない人物なのは間違いない。

ヴィートはさらに身をかがめ、きっぱりと、だが優しい声で祖父に話していた。しぐさや口調から、祖父が彼にとって大事な存在なのは明白だった。

ヴィートが思いやりのある穏やかな口調で話してくれたことを思い出し、ふいにリリーの喉はふさがり、ばかげたことに涙がこみあげた。でも、彼はもうそんな口調で話してくれない。彼女はまばたきして顔をそむけた。自分たちの間が今やどれほど変わったかを考えまいとしながら。

リリーは気をまぎらそうと室内を見まわした。印象的なフレスコ画が描かれた壁に目をみはる。部屋の華美な装飾は実に見事だった。カナル・グランデに面した重要なパラッツォの主寝室にふさわしい。

ここがジョヴァンニの寝室とは信じがたかった。一般公開されている多くの壮麗なヴェネチアの宮殿内の部屋と言っても通る。現代のテクノロジーが用いられている証拠がどこにも見えないため、もっと優雅な時代に戻ったような印象がなおさら強まった。

目の隅で何か動くものがあり、リリーが振り返ると、ヴィートがこちらへ来るところだった。何をする気かと思う間もなく、リリーは腕を取られ、廊下に押しだされていた。

「今は君を祖父に会わせるタイミングではない」ヴィートは大階段のほうへリリーを導いた。

「手伝えることはある?」リリーはとっさに言った。彼がすべての手を打ったとよくわかっていたが。

「いや」ヴィートはそっけなく言った。「もう家に帰りたまえ。あとで会おう」

そう言うなりヴィートは踵《きびす》を返し、ジョヴァンニの部屋へ入ってリリーの目の前でドアを閉めた。

彼女は狼狽《ろうばい》の表情でヴィートの後ろ姿を見送った。彼が祖父を案じていることは理解したが、ぴしゃりと拒絶された感じは気に入らない。

リリーはゆっくりと階段を下りていった。状況が大きく変わったと、また思いながら。以前のヴィートなら、付き添いなしではリリーを家に帰さなかった。それどころか、ひとりで街をうろついても危なくないと彼を説得するまでずいぶんかかったものだ。リリーの安全をそれほど気にかけてくれた人は初めてだった。当時、彼女はそのことに深く感動した。

リリーはヴィートのパラッツォに向かった。ロンドンでしばらく過ごしたのに、何もかもがいまだに馴染《なじ》みのあるものに思えて意外だった。彼女はほとんど無意識に歩いていた。道を考えもせずに、迷路さながらの細い道を縫うように進んだ。

ふいに彼女は混雑したアイスクリーム店《ジェラテリア》の前で立ち止まった。ヴィートに命じられたからといって、まっすぐ帰る必要もない。リリーはアイスクリームを買う人の列に並んだ。

数分後、彼女は午前の日差しを浴びながら運河のそばで腰を下ろしていた。食欲が戻り、好物を心から楽しめることがうれしい。通行人の流れから外れた、運河に通じる階段は座るのにぴったりだった。運河の向こう側に接した建物に水が打ちつけるのを眺めていると落ち着く。

リリーは残らず味わおうと決めてアイスクリームをゆっくりと食べた。食べ終わると、ヴィートと入っていこうとしている厳しい状況に思いは戻った。

昨日、リリーのプレゼンテーションの場にヴィートが入ってきてから、何もかもがあまりにも速く起こった。彼のプロポーズには驚いたが、お腹《なか》の子のために結局は承諾した。両親がそろったきちんとした家庭で育つことが子供のためにはいちばんだと、心から思ったのだ。それに心の奥底では、ヴィートに捨てられる前の自分たちの関係がどれほどすばらしかったかを忘れていなかった。また一緒に暮らせば、前と同じような関係になれるかもしれない。

しかし、大きな問題がある。なぜかヴィートはリリーに裏切られたと信じているのだ。彼女が身ごもっている子供は自分の子ではないと。だから彼女に激怒し、手厳しい仕打ちをしたのだろう。

ヴィートがそう考える理由にリリーは心当たりがなかった。いくら頭を振り絞っても、彼がそんな結論に達するような言動をした覚えはない。二人が一緒でなかった夜もあったが、それは彼が出張だったせいだ。リリーはパラッツォ以外のところにヴィート抜きで泊まったことはなかった。

ふいにリリーはどうするべきかがわかった。自分が裏切っていないことを証明できれば、またヴィートに信じてもらえるかもしれない。信頼されなかったせいで彼女は傷ついたが、ヴィートにはそれなりの理由があったのだろう。

リリーは父親を確定する検査をヴィートに受けてもらうつもりだった。彼が真実を知れば、自分たちの間は元どおりになるかもしれない。そうすればみんなのためになる。リリーにもヴィートにも、そして何よりも大切なことだが、赤ん坊のためにも。

急に力がわき、彼女は立ちあがった。問題の解決策が見つかった。すぐにすべてがうまくいくだろう。

午後の早い時間にヴィートはパラッツォに戻ってきた。リリーは寝室で彼を待っていた。彼との話は誰にも聞かれない場所でするほうがいい。

「お祖父様の具合はどうだったの？」ヴィートが部屋に入ってくるとリリーは立ちあがって尋ねた。

「大丈夫だと医者は言っている。これまでと同じだということだが」表情から、彼が納得していないのは明らかだった。「僕にはそれほど確信はない。状態がいいとは、とても思えないんだ」

「あなたがそばにいてよかったわね。お祖父様が最高の介護を受けられるように気を配れるもの」

ヴィートは答えなかった。深く物思いに沈んだ様子で衣装だんすを開け、注文仕立てのスーツを取りだした。まっすぐ会社へ行くのだろうとリリーは思った。機会があるうちに話さなければならない。

ヴィートが祖父を心から案じているようなので、リリーは彼を慰めたかった。だが、彼女から慰めを得たいとは絶対に思わないだろう。彼女が最悪のことをしたと信じているうちは。

リリーはためらった。祖父の健康問題で頭がいっぱいのヴィートに実父確定検査の話を持ちだすなんて思いやりのないことだ。そのいっぽう、自分たちの問題を解決できれば、祖父の病気についてヴィートに力を貸してあげられるかもしれないと思った。

「ヴィート」リリーは深く息を吸い、勇気を出して困難な話を始めた。「少し話す時間をくれない?」

ヴィートはハンガーにかかったダークグレーのスーツを手にしたまま振り返り、眉をひそめた。今は話などしたくなかった。

「さっさと話したまえ。三十分後には会議がある」

「急いで話すわ。でも、ちゃんと聞いてほしいの」

ヴィートは歯を食いしばり、リリーに向き合った。彼の人生に戻ってきて一日もしないうちに、早くもリリーは彼の忍耐心を試そうとしていた。

「あなたは私が裏切ったと思って動揺しているんでしょう」

「動揺?」ヴィートはあきれ顔で繰り返した。リリーの髪が魅力的に揺れて落ち着く様子を眺める。女としての策略を用いて僕の心をかき乱そうと思っているのかもしれない。

「いやはや! 君たちイギリス人は控えめな表現にかけては天下一品だな」

「あなたの非難を黙って受け入れる気はないの」リリーの声は冷静だったが、体の前で握り合わせた手が震えているのに彼は気づいた。「私は裏切っていない。あなたがそう考える理由がわからないわ。そんなふうに思われることを何もしていないもの」

ヴィートはリリーを見つめた。嘘《うそ》偽りがないといった口調でよくも話せるものだ。彼女が有罪そのものだということを僕は知っている。

「確かに君は痕跡《こんせき》をうまく隠した。だからといって、君の裏切りを僕が知っている事実は変わらない」

「裏切っていないわ。私がそんなことをしたと考えること自体、裏切りみたいなものよ。でも、こんな話は続けたくない。あなたが私の子供の父親だと証明するため、実父確定検査を受けてほしいの」

ヴィートはまじまじとリリーを見つめた。胃が引きつって痛みを感じる。実父確定検査を受けろというのか。彼がひどく恐れていたことだった。

だが、遅かれ早かれ、避けられないことだとヴィートにはわかっていた。リリーが同時に二人の男を相手にしていたのは確かだが、彼女にしてみれば、ヴィートが子供の父親だという可能性はある。リリーにとって実父確定検査は賭《かけ》だろう。検査はすぐにできないかもしれないし、自分にとって幸運な結果に彼女は賭《か》けたいのかもしれない。

何はともあれ、ヴィートはすべてを失いかねなかった。彼にとって検査はいい結果となり得ない。彼に勝ち目はないのだ。ヴィートは自分が父親でないとわかっていた。子供を作れない体質だったからだ。

「実父確定検査などしない」彼は両脇《りょうわき》で拳《こぶし》を握った。

ヴィートは検査を受けるつもりなどなかった。自分がリリーの子供の父親でないことを世間に証明したくない。赤ん坊がサルヴァトーレ家の跡継ぎでないことに気づけば、祖父は二度と幸せになれまい。

だからこそリリーと結婚するのだ。彼女と赤ん坊を捨てられるときが来るまで、事実を隠して暮らさなければならない。ヴィートが赤ん坊を家族に加えるにはこれが完璧《かんぺき》な方法だった。死ぬ前に祖父を幸福にする方法だったのだ。

それに、実父確定検査をヴィートが受けたくない理由はほかにもあった。胸をえぐられるような理由のせいで彼の手のひらは汗ばみ、体は冷たくなり始めた。考えるだけでも耐えられなかった。父親になる能力がない事実を二度とつきつけられたくない。

「なぜ、だめなの？　検査を受けて、こんなみじめな状態を終わらせたらいいじゃない」

「仮に僕が父親だと判明しても、君の誠実さを証明することにはならない」彼はきしんだ声で言った。

元妻のカプリシアと彼女がかかっていた不妊治療専門家だけが、男としてのヴィートの欠陥を知っていた。医師の診断書をヴィートの鼻先で振って嘲《あざけ》ったカプリシアの思い出は、子供を作れない体質と同じくらい彼にはつらかった。

僕の欠陥を誰にも認めるつもりはない。とりわけリリーには。

「でも……」リリーは言いよどみ、思いつめたヴィートの顔を見あげた。彼の表情はどこか違っている。これまで見たことのないものだった。だが、そう長く考えている暇はなかった。こんな会話をするだけでも大変だったのに、まだ終わっていないのだ。言いたいことをヴィートにわかってもらわねばならない。そして彼はきちんとした説明をするべきだろう。

「だったら私たちはどうなるの？　信頼がなければ、どこへも進めないでしょう？」

「これは〝私たち〟の問題じゃないんだ」ヴィートは冷たく言った。「君の子供を婚外子という悲惨な人生から救うためだよ」

「でも、実父確定検査を受けないのに、私を信じない理由も説明しないなんて。あなたにどんな証拠があるかわからなければ、私は自己弁護もできない」

「君の行為は弁解の余地がない」ヴィートはスーツとシャツを取ってドアに向かった。

「君が嘘を考えだすためにもっと情報を与える必要はあるまい」

たちまちヴィートは去った。リリーは取り残され、みじめな思いで彼を見送っていた。ここ二日間は驚きの連続だった。彼女は震えていることに気づき、椅子に腰を下ろした。柔らかくて温かいものに手が触れる。何も考えずに取りあげた。ヴィートの黒いカシミヤセーター。思わず顔に押し当て、贅沢《ぜいたく》なウールの感触を覚えながら彼の香りを深々と吸った。

このセーターを着ていた彼に抱きしめられた最後のときを思い出し、急に涙がこみあげた。彼女はうれしい秘密を抱えて、霧深い街から家に入ったのだった。ヴィートの腕の中にいるととても安心で守られている気がした。自分のことを気遣ってくれ、どんなものからも守ってくれるだろうと思った。

だが、すべてがむなしい幻だった。数分後、ヴィートは急にリリーを責めた。それ以来、彼女の人生は悲惨な運命に巻きこまれ、ますます手に負えなくなっている。さっきの口論は最悪だった。ヴィートはリリーが自己弁護するのに必要な情報さえ与えようとしなかったのだ。

もうたくさんだ。これ以上耐えられない。不実だと責めるヴィートに太刀打ちできないだろう。でも、自分の手に負えるものもある。彼と分かち合っていたと誤解した特別な関係を振り返り続けるのはやめよう。これからは自分の未来にのみ目を向け、最善を尽くして新たな人生を進むのだ。

まだ膝の上にある黒いセーターを見おろした。ヴィートとの人生がどれほど変わったかが思い起こされてつらい。そんなことは思い出したくもなかった。

リリーは毅然《きぜん》として立ちあがり、セーターを持って部屋を横切った。そして窓を開け、下の運河にセーターをほうり投げた。

6

「今夜は外で食事しよう」ヴィートは言った。「君がヴェネチアに帰ってきたしるしに」

「それはいいわね」リリーは穏やかに言った。先ほどの口論のせいでまだ震えていることをヴィートに悟らせまいと、心に決めていた。

屋敷《パラッツォ》を出るのは悪くないだろう。ヴィートに家へ連れてこられてから二十四時間もたっていないが、彼女はずっと神経が過敏になっていた。

起こったことを考えれば、気が高ぶるのも当然だった。それでもリリーは自身の助言に従い、くよくよ考えまいとした。その日の午後はおもしろそうな本に没頭しようとしてむなしく過ごした。だが、読書のように大好きな気晴らしも、頭の中で執拗《しつよう》に渦巻く落ち着かない思いを追い払ってくれなかった。

「ルイージの店へ行こう」ヴィートは言った。

「あの……私は……」リリーは不安そうに息を吸いこみ、ヴィートを見あげた。ルイージの店へ行かずにすむ口実をあわてて考えようとした。ヴェネチアでリリーが過ごした最後の夜の出来事のあとでは、ヴィートをルイージに会わせるのは危険だろう。

そのレストランはヴィートとリリーのお気に入りの一つだった。パラッツォから歩いてすぐのところにあり、ヴェネチアでも最高の料理を出した。それに雰囲気がすばらしい。店主のルイージは寛大で気前がよくて親切な性質を備えていた。

ヴィートに追いだされた夜、ルイージの優しさはリリーにとってまさに天の恵みだった。霧に包まれた街から出られず、あたってみたホテルはどこも満室で、どの移動手段も使えなかったとき、ルイージは文字どおりリリーを救った。彼は母親の家の客用寝室にリリーが泊まれるよう、手配した。何も尋ねずに。それから翌朝は空港まで見送ってくれたのだ。

「ルイージの店はいやなのか?」ヴィートは尋ねた。眉間《みけん》にしわを寄せて彼女を眺める。

「なぜだ?」

「そこに行くつもりだったなら、決めるのはあなたに任せるわ」リリーの言葉はもつれた。自分は何も悪いことをしていない。でも、ヴィートは誇り高きヴェネチアの男だ。ほかの男性からの助けをリリーが受け入れた事実を知ればおもしろくないだろう、と本能的に感じた。「だけど、ブラーノ島の店に行きたいの。魚料理が恋しくて」

「わかった」去りかけていた彼は急に足を止め、刺すような青い目で彼女を釘《くぎ》づけにした。「この食事はお祝いだ。そんな場にふさわしい服を着てくれ」

出ていくヴィートの後ろ姿を、リリーはいらだたしげに見つめた。横暴に振る舞ってわざと私を怒らせようとしているのだろうかと思いながら。自分に対する今の彼の態度にはなかなか慣れない。ヴィートにはいつも支配力があったが、前はあからさまに命令などしなかった。

リリーは立ちあがって部屋を横切り、アーチ型の高い窓から外を眺めた。観光客を乗せた流線型の黒いゴンドラが、眼下の深緑色の運河を滑るように進んでいく。水面に小さな波が輝くのを見ながら、自分の人生がどれほど変わったことかと思い巡らした。

リリーは考えをまとめると、ディナー向けの着替えのために二階へ行った。ヴィートのゲームのルールを理解したと示すつもりだった。リリーの服選びに口を出したりして彼が時間を無駄にする必要はなくなるだろう。彼女は自分を守るため、この前みたいな恥ずかしい思いは二度とするまいと思った。

ヴィートが本当に結婚する気だということをリリーは認めた。とても選びそうになかった状況になっているが、最善を尽くすつもりだった。

強く男性的なヴィートの力に完敗するわけにはいかない。リリーにはヴェネチアで自分の人生を築く義務がある。これから生まれてくるわが子のために、この家族の中に居場所を用意する義務が。

前進するのにもっともいい方法は、ヴィートと衝突しないことだ。彼のルールの中で効果的な方法を見つけよう。先に行動を起こすことが有効だろう。何かあってからヴィートと争うよりは、最初に自分の意向を伝えようとするほうがいい。

それから少したったころ、二人はブラーノ島を目指して潟《ラグーナ》を高速で横断していた。

「水の上が恋しかったわ」リリーはヴィートを見やった。金色の夕日が彼の漆黒の髪に当たり、温かな輝きを顔に投げていたが、表情はよそよそしいものだった。何を考えているのかわからない。「ここの生活で好きなものの一つだった。冬だったけれど」

「君は寒そうに見えたことがなかったな」ヴィートはそっけなく言った。リリーが会話を始めようとしているのは明確なのに、彼はまた黙りこくった。相変わらず打ち解ける気はなさそうな表情だ。

リリーは小さくため息をつき、あたりの光景に視線を向けた。残りの船旅を楽しもうと決めて。低くなった太陽が水面に投げる光が美しい効果を生みだしていた。紺碧《こんぺき》の波が、金色がかったオレンジの帯さながらの残照を揺らしている。ラグーナに出るのが大好きだとリリーが言ったのは本当だった。ヴィートが陰気な沈黙を続けていても、見事な光景を楽しむ気持ちを台なしにされたくない。

間もなく船は絵に描《か》いたような島に近づいた。派手な色で塗られた家々や素朴な暮らしを見ると、ここがヴェネチアから百万キロも離れている気がした。島にはホテルがなく、夕方になると観光客は街に戻っていく。地元の職人は手作りレースやそのほかの手工芸品を片づけ、漁師とその家族は戸外に出て夕暮れ時の散歩を楽しむのだ。

船員は船を港につけ、身軽に飛びおりてもやい綱を結びつけた。ヴィートが先に下船し、揺れている船から波止場へ上がろうとしているリリーに手を貸そうと振り返った。リリーはとっさに手を伸ばしたが、二人の手が触れたとたん、官能的な電流が体を貫いた。あえいで手を引っこめたため、水の動きにつれて船が揺れると、ぶざまによろめいた。

ヴィートはリリーの腕をしっかりとつかんだが、彼女が波止場に上がるまで何も言わなかった。

「ありがとう」目抜き通りへ歩きながら、リリーは明るく快活に話そうとしたが、自分でも硬い口調に聞こえた。ヴィートの手を取っただけで、あれほど性的な反応を覚えるのはなぜ？　いきなりヴィートへの欲望が体の中にわきだした。家を出てから彼はほとんど何もせず、話もしなかったのに。「船の端に立ちあがれば、ぐらつくのは当然よね」

リリーはヴィートの顔を見あげた。こちらを見つめている視線に気づき、ふいに口がからからになる。臆病《おくびょう》とは思ったが、彼女は目をそらし、ヴィートが何か言うのを待った。

だが、彼は緊張をはらんだ沈黙を続けるつもりらしい。

「ねえ、お願いよ！」リリーは立ち止まり、振り返ってヴィートを見あげた。「無視しないで！　人前に出ようと言ったのはあなたじゃないの」

「何を言ってほしいんだ？」ヴィートは腹立たしげに黒い眉を片方上げて尋ねた。向きを変えてレストランへと歩き続ける。「波止場で愚かな振る舞いをしたと、君を叱《しか》ればいいのか？　それとも僕と手が触れただけで、君が性的な欲望に駆られたことについて話してほしいのかい？」

「そんな事実はなかったわ」リリーは憤然として言った。頬がかっと熱くなるのを感じながら、遅れまいとしてヴィートについていく。性的な欲望という言葉を否定したかった。今のヴィートが傲慢《ごうまん》で喧嘩腰《けんかごし》だから、なおさらだ。並んで歩いているため、彼にもう顔を見られないことがうれしかった。

「もちろんあったさ。手が触れ合うような単純なことにさえ興奮するなら、レストランで僕が君を抱き、幸福な二人という芝居を演じればどうなるかな？」彼の声がリリーの体に鳴り響き、全身に火をつけた。

自分に影響を及ぼすことにヴィートが絶大の自信を持っているのが、リリーは腹立たしくてたまらなかった。彼に興奮させられると考えただけで、やはりいやな気持ちになる。肌が熱くなりだしたのを感じ、心臓がますます速く打ちだした。

「どうして普通の会話ができないの？」リリーは抗議し、自分の感情を無視しようとした。

「試すことはできる」ヴィートはレストランのドアをリリーのために支えていた。「だが、認めたほうがいい。君は欲望で頭がいっぱいだと。今夜がどう終わるのか、僕らはお互いに知っている」

ヴィートとの愛の行為の場面がリリーの心にいきなり浮かび、期待で体がうずいた。いくら努力しても、そうした映像も欲求も消えなかった。

店の主人が急いで近づいてきたとき、リリーの頬は紅潮していた。この前来てからかなりたちますねと主人は大騒ぎし、店で最高の席に案内してくれた。

「いつもの発泡ワイン、プロセッコから召しあがりますか?」店主は尋ねた。

「それなら完璧《かんぺき》だ」ヴィートから物憂げな笑みを向けられ、リリーはぞくぞくした。「なんといっても、今夜は祝いの食事だからな」

「私は飲んじゃだめなのよ」リリーはなぜか、妊娠のことを持ちだすのがためらわれた。

「英語でなんと言ったかな?」目にいたずらっぽいきらめきを浮かべてヴィートは尋ねた。

「好物にたたりなし、だったかい?」

リリーは顔がほてり、体が震えるのを感じた。神経が高ぶっているから彼の挑発に反応するだけよと自分に言い聞かせ、刺すような視線から逃れようと、メニューに顔をうずめた。なんとか今夜を乗り切るつもりなら、自分を抑えなければならない。リリーは無理やりメニューを読み、ほかの物思いを頭から追いだすため、料理を選ぶことに集中した。

それぞれが料理を注文するころ、リリーはヴィートへの気まぐれな反応に多少は歯止めをかけられるようになっていた。頼りにならない自制心だとわかってはいたが。当たり障りのない会話にするため、懸命に努力しなければならなかった。

「結婚式の手配について話さないといけない」ヴィートはだしぬけに言い、急に話題が変わったのでリリーは驚いた。

「そうね」気づまりな雰囲気ではなかったので、リリーは心からほっとした。グラスを取ってプロセッコを口に含む。繊細な泡が口の中で心地よくはじけ、つかの間、緊張感が消えた気がした。

「すぐに式を挙げなくちゃな。身内だけの小さな式がいいと思う。こんなに急でも来てくれるような、呼びたい人はいるかい？」

「わからないわ。ちゃんと考えていなかったもの」リリーはふいに狼狽《ろうばい》の表情を浮かべて長い髪を撫《な》でつけた。人前で偽の結婚式をやり遂げるなんて、実に妙な感じがする。母や親友がいたら平静でいられないかも、とまだ不安だった。「式を挙げてからみんなに知らせたほうがいいわ。あとで訪ねてくれるでしょう」

「婚約者を恥じているのか？」ヴィートの口調はひどく平板だった。リリーは当惑し、彼が気分を害したのか、皮肉を言っているだけなのかと考えた。

「いいえ」リリーはまともにヴィートの目を見つめた。二カ月前なら、彼を婚約者と呼べることがさぞ誇らしかっただろう。「ただ、愛している人たちにこの結婚が本物だと納得させる自信がないだけよ。私自身が慣れようとしているところだもの」

「わかった。そうするのがいちばんいいと君が思うなら、こぢんまりとした結婚式にしよう。具合がよければ祖父と、立会人が二人だけだ」

リリーはヴィートの視線にしばらくとらえられていた。キャンドルの明かりの中で、彼のブルーの瞳がくすんで見える。一瞬、リリーは二人でよくこうしていたことを思い出した。深く追及せずに自分の主張を彼が受け入れてくれたのでうれしかった。この結婚を普通のものに見せなければならない。リリーにはそうするべき理由があった。でも、自分を愛し、信頼してくれている人たちの前でやり遂げる自信はまだなかった。

食事の残りの時間は何事もなく過ぎた。ヴィートが軽い話題に終始してくれたので、リリーはありがたかった。アイスクリームを食べ終えるころ、この数週間で初めてきちんとした食事を楽しんだと気づいて彼女は驚いた。ようやく安定期に入り、苦しいつわりから解放されたのかもしれない。

「家に帰ろう」ヴィートは勘定を頼んだ。

リリーはヴィートを見つめた。今夜がどんなふうに終わるかお互いに知っているはずだ、と彼が言ったことを急に思い出した。期待から生じる不可解な震えをリリーは感じた。二人が分かち合った情熱の夜を恋しく思ったことは否定できない。

リリーの肌はまた赤みを帯びた。彼と愛し合うことを考えまいとして、壁に並んだ絵を見つめる。

ラグーナを横断して戻る途中は暗かった。美しい三日月が空に浮かんでいる。リリーは身震いし、シルクの肩かけをさらに引き寄せた。寒かったからではなく、またこちらを見たヴィートの視線のせいだった。暗すぎてはっきり見えないが、恋人同士になる前に何度も目にした表情を彼が浮かべているとわかった。もうすぐ愛し合うことを伝える表情を。

「寒そうだな」ヴィートは言い、リリーの肩に手をまわして引き寄せた。

「そうでもないわ」喜びがこみあげるのを感じながら、リリーは彼のたくましい体にもたれた。たったひと口のプロセッコで酔ったのかもしれない。それとも、ヴィートのそばにいるだけで酔いしれているのかも。スパイシーな男らしい香りで満たされ、彼女の体はお馴染《なじ》みの感覚にぞくぞくした。

「震えているじゃないか」ヴィートはリリーの耳元でささやいた。彼の唇で髪をなぞられるすばらしい感触。リリーは興奮のあまり体の奥が締めつけられ、これから起こることへの期待で震えた。

「本当に寒くないのよ」震える小声でリリーは言った。もう一度ヴィートの腕に抱かれて横たわりたかったが、彼女はひどく神経質になっていた。記憶にあるものよりもすばらしいかしら？　ヴィートは私に満足してくれる？

二人の体の相性のよさは、この便宜結婚で本物の絆《きずな》の一つだろう。それを私は重視しすぎている？　ヴィートにとってはただのセックスにすぎないの？

「こうすることが恋しかったよ、いとしい人《ベッラ・ミーア》」ヴィートの低く官能的な声がリリーの全身に響いた。彼は両手を上げて彼女の顔を自分のほうに向けた。シルクのような髪の間に指を滑りこませ、リリーの顔を少し傾けさせる。キスするつもりだというように。

リリーは黙ってヴィートを見つめた。心臓がどきどきし、唇に彼の唇を感じたくてたまらなかった。巧みな彼のキスをまた味わいたい。だが、ヴィートはしばらく動こうとしなかった。

「私も恋しかったわ」リリーはささやいた。キスしようと彼を引き寄せるのが自然だったころを思い出しながら。自分の行動を考える間もなく、彼女はさらに身を乗りだし、軽く彼の口に唇を押し当てた。

一瞬、リリーは息をつめた。ヴィートはキスを返さない。今はこんなことを望まないのかも。だが、引きしまって官能的な口に触れたせいで彼女の唇はうずき、まともにキスされたくてたまらなかった。

ふいにヴィートは動きだし、すべてがたちまち起こったように思えた。彼の力強い両手はリリーのスカートの裾《すそ》の下にあった。腿の外側を上へとすばやくなぞっていく。リリーは息を止めた。ヴィートの意図を測りかねるうちにヒップをつかまれて持ちあげられ、彼にまたがる格好にさせられた。

リリーはヴィートのたくましい肩につかまって体を支えた。欲望がこみあげ、もっとも女性的な体の中心に集まっていく。どこよりも敏感な、女としての部分は今やうずいていた。彼の高まりがズボン越しに力強く触れるのを感じる。二人は愛を交わすのに絶好の位置にいた。震える彼女の全身に興奮が走り抜ける。本当に愛の行為をしているように。

波にぶつかった船がかすかに揺れ、二人の体が官能的に触れ合った。リリーはだんだん呼吸が速まるのを感じた。頭の奥にある理性は、これほど興奮することが信じられないと伝えている。ヴィートはほとんどリリーに触れず、キスすらしていない。それなのに彼女の体は炎のように燃えていた。

彼の両手はまだスカートの中にあった。彼女のヒップを支え、さらに引き寄せる。リリーはその手で全身をなぞられたかった。だが、彼の手はまだ少しも動いていない。

「君の体じゅうに触れたい」ヴィートは小声で言い、両手を動かし始めた。

リリーは座席に両膝をつけて体重を支えていた。ヴィートが彼女のヒップの丸みをなぞる余地はある。リリーは舌先を軽く嚙《か》んだ。彼の指が通っていった跡がうずいている。でも、もっと彼が欲しい。

「キスしてくれ」ヴィートは命令口調だった。

ふいにリリーは、彼が自分とゲームをしているのだろうかと思った。ついさっきはキスを返さなかったくせに。今度のヴィートは反応するだろうか？　それとも石さながらに冷たく座っているの？　私がどれほど興奮しているかわかっても。

ヴィートにまたがっているため、リリーの頭のほうが彼の頭より高かった。彼女は頭を下げて彼の唇を軽く唇でなぞった。満たされない性的欲望をヴィートにかきたてられていた。リリーはその仕返しをするつもりだった。

だが、唇が触れ合ったとたん、またもや激しい欲望がリリーに押し寄せた。まるで遠くから聞こえてくるかのように、自分の奥深くから発せられた低くてセクシーなうめき声を彼女は耳にした。

ふいにヴィートは片手を上げて、リリーのうなじをつかんだ。彼女の唇を自分の唇に強く押し当てさせる。激しい情熱は、リリーの中でくすぶっていたエネルギーの爆発と呼応した。

ヴィートの舌が口の奥深くに押し入ってくる。リリーは荒々しく口の中を探られるままになった。ヴィートを味わい、彼を感じたかった。できるだけ彼のそばに行きたい。

二人がこんなキスをしたのは初めてだった。情熱的な夜も優しさに満ちた夜も分かち合った。だが、これほど激しいキスは経験がない。リリーの耳の中で血が脈打ち、ヴィートと、彼といたいという彼女の強烈な欲望以外のものを消し去った。

ヴィートはもう片方の手でリリーのドレスの前についたボタンをまさぐった。たちまち彼の手はドレスの中に入り、胸を覆っているレースのブラジャーの中に滑りこんだ。彼女は深い歓喜のため息をもらしたが、ヴィートはまだキスを続け、口のさらに奥を舌で探索していた。そしてリリーの胸の先を指で探り当て、もてあそんだ。

たちまち胸から広がる快感をリリーは覚えた。ようやく彼の口から逃れ、空気を求めてあえぐ。

「ああ、ヴィート」彼女は深く息を吸った。全身がわななくのを感じる。

「君は僕を受け入れる準備ができている」彼の片手はまだブラジャーの中にあり、巧みな刺激を与えていた。ヴィートはもう片方の手を、前に落ちていた彼女の髪の下に差し入れた。髪を肩の後ろにかけ、前が開いたドレスを覆うように、肩かけを体にしっかりと巻きつけてやる。「家の中に入ったらすぐに君を僕のものにするつもりだ。完全に」

所有権を主張するヴィートの言葉は、すばらしい約束のようにリリーの全身を駆け抜けた。彼女はヴィートのものになりたかった。いつも彼のものだったのだ。出会った瞬間からヴィートはリリーの体を支配し、想像もしなかったような高みにまで彼女を運んだ。彼はリリーの世界を至福そのものに変える。ヴィートだけが彼女にとって意味を持つ世界に。

ヴィートの手がドレスからそっと離れると、リリーは抗議の声を小さくあげた。すると船の速度が落ちたことに気づいた。街中の運河へ入ってきたのだ。間もなくパラッツォに着くだろう。

船が水門のゴシック風のアーチに近づくと、ヴィートはリリーを膝から下ろした。彼女は足がふらついた。何がなんだかわからないうちに肩かけをしっかりと巻きつけられ、ヴィートの腕に抱きあげられた。生まれてからずっと船や運河に慣れ親しんできた彼の足取りは敏捷《びんしょう》だった。たちまちリリーをすばやく船から降ろし、寝室へとまっすぐに運んでいった。

7

ヴィートはリリーをベッドに横たえ、そばに立って見おろした。上着を脱いでネクタイを外し、彼女の横にひざまずいて、ドレスのボタンをすべて外していく。

リリーはヴィートの顔に前髪がかかっている様子をほほ笑ましく思いながら眺めた。ボタンを外される間、手を伸ばしてふさふさの黒髪をまさぐった。

突然、彼の髪に触れているのが奇妙なほど親密な行為に思われた。船の中での出来事やこれから起ころうとしていることを考えるとばかげた気もしたけれど。だが、その瞬間、すべてがうまくいくと思っている自分にリリーは気づいた。この六週間など存在しなかったようにさえ想像していた。

「これが恋しかった」ヴィートはリリーのドレスを肩から外し、ヒップまで引きおろした。ベッドに横たわるリリーに彼は視線を走らせた。彼女が身に着けているのはレースのブラジャーにフランス製のショーツ、ガーターストッキング、そしてハイヒールの靴だけだ。リリーはまさにゴージャスだった。

「君は美しい」ヴィートはつぶやき、両手で彼女の胸をつかんだ。甘美なぬくもりが伝わり、手のひらの下で胸の頂がたちまち硬くなる。

リリーはベッドの上で身もだえしていた。彼女の興奮はすぐに高まるとヴィートにはわかった。潟《ラグーナ》にいたとき、リリーは信じられないほど反応していたからだ。自分がどれほど彼女の欲望をかきたてたかと思うとヴィートも興奮した。彼をその気にさせるために、リリーはたいして努力する必要もなかったが。初めて目を留めて以来、ヴィートは彼女に夢中だった。今夜はただ眺めるだけでなく、もっと多くのものを獲得する気でいた。もうすぐ結婚する。彼はあらゆる意味でリリーを自分のものにするつもりだった。

ヴィートは巧みにリリーの背中に手を滑りこませてブラジャーを外した。それを脇《わき》へほうると、リリーがふたたび震え始めた。欲望のせいで瞳が大きくなる。背中を弓なりに反らして胸を突きだす姿を見て、彼女が求めるものをヴィートははっきりと知った。「ああ!」胸の先を彼の口で覆われ、リリーは思わず声をあげた。うずいている胸の頂にしなやかな舌で魔法のような刺激を与えられて、全身がぞくぞくする。「ああ、ヴィート!」リリーはまた彼の名を呼んだ。ここにいることが、これが現実だということが信じられなかった。ヴィートはふたたび愛の行為にふけっている。何もかも元どおりになるだろう。

ヴィートは両手をリリーの全身に這《は》わせ、触れたところに火をつけていった。ショーツもストッキングも脱がせ、リリーの鼓動をますます高めさせる。

リリーは一糸まとわぬ姿で横たわり、やっと頭を上げたヴィートがこちらを見たときは、息を荒くしていた。濃さを増した彼の瞳を覗《のぞ》いたとき、性的な興奮が押し寄せた。自分の体がヴィートを求めているのと同様に、彼もまた彼女を求めているのだとわかった。

でも、ヴィートは服を着すぎている。リリーは彼の肌を感じ、筋肉質のたくましい体に両手を這わせたかった。リリーは彼のシャツを脱がせようと手を伸ばした。

「悪くないな」ヴィートはかすれ声で言い、シャツのボタンを外そうとしているリリーの指を見おろした。「覚えておくべきだった。外で食事をすると、君は必ずみだらになる」

「嘘《うそ》よ」リリーは抗議し、やっとシャツをほうり投げた。動きを止めてヴィートを見つめると、一緒に暮らしていたころの記憶がふいによみがえった。確かに、特別ロマンチックな夜は外で食事したあとだった。

「ああ、思い出したようだな」彼は物憂げに言い、ズボンから黒革のベルトをゆっくりと引き抜いた。

「外で食事したせいじゃなかったわ」

リリーの胸に、奇妙なほどむなしい気持ちがこみあげてくる。ヴィートの関心を引くことと関係があったと、ふいに気づいたからだ。彼が仕事をしないで夜をともに過ごしてくれたとき、リリーは特別な気持ちになった。自分が求められていて、彼にふさわしい存在なのだと。

「明日、もう一度試そう」ヴィートが身を乗りだして敏感なお腹《なか》にキスの雨を降らせるので、彼女はくすぐったがった。「今度はルイージの店へ行こう」

リリーは思わず身をこわばらせた。

ヴィートは体を起こし、リリーを鋭く見つめた。

「どうしたんだ?」ヴィートの声は硬くて冷たかった。「前にルイージの名を出したとき、君の態度は妙だった。どういうことか話したまえ」

「なんでもないの」リリーは肘をついて起きあがり、ふいに自分が何も着ていないという事実を痛いほど意識した。

「話すんだ」ヴィートはきっぱりと命じ、怒ったように立ちあがった。「あいつなのか? 君とぐるになって僕を裏切ったやつはルイージだったのか?」

「違うわ!」リリーは息をのんだ。両膝を胸のところで抱え、不安そうにヴィートを見つめる。恐ろしいほどの変化が彼に起きていた。険しい表情になり、怒りのエネルギーのせいで部屋にひびが入りそうだ。

「あいつにきいてくる!」ヴィートはシャツを引っつかみ、ぎこちない動きで身に着け始めた。

「やめて!」リリーはぞっとして叫んだ。ヴィートとルイージを対決させるわけにはいかない。あの夜、ルイージは彼女の守護天使となってくれたのだ。親切にしたせいで、ヴィートの激しい怒りを受けるようなことがあってはならない。「聞いて。あなたが考えているようなことではないの。事実を話すわ」

「さっさと話すんだ」彼は上着に手を伸ばした。「君の話が嘘だと思ったら、ルイージがどう言うかききに行く」

「独りぼっちでどこにも行くあてがなかった私を見つけたときのことを、ルイージは話すはずよ。あなたが私を追いだした夜にね！」リリーはヴィートをにらんだ。苦痛を伴う思い出がどっとよみがえる。

「続けたまえ」ヴィートはきしんだ声で言った。

「霧のせいで空港が閉鎖されたの」リリーは息を吸ったが、まだ声が震えていた。「復活祭《イースター》の数日前で……泊まるところはどこもいっぱいだった。ホテルが見つからなかったのよ」

「ヴェネチアじゅうのホテルが満室だったとでも？　ばかなことを言うな」

「私がここを出たときはもう遅い時間だったのよ」リリーはホテルからホテルへと足を引きずって歩いたときのつらくてみじめな気持ちを思い出していた。「私はルイージの店の近くの路地でしばらく足を止めてどうしようかと考えていたの。荷物を手にしてひとりきりで立っている私をルイージが見つけた」

「それで?」顔を強くしかめたヴィートの眉の間には縦じわが深く刻まれ、瞳が暗さを帯びていた。

「ルイージはとても親切だった。空いた部屋があるからと、お母さんのところへ連れていってくれたわ」リリーは静かに言った。「話はそれだけよ」

信じてくれるだろうかと案じながらリリーはヴィートを見つめた。ルイージのためにも信じてほしかった。だが、彼は不気味なほどの沈黙を守っている。

ヴィートはどう思っているのかと、ふいにリリーは考えた。そもそも彼はあの晩、ヴェネチアで私が独りぼっちで無防備だったことを気にしただろうか? 頼る相手もなく、避難すべき場所もなかったというのに。

リリーはさらにきつく両膝を抱きしめて額をのせた。落ちてきた髪がカーテンのように顔を隠す。

ヴィートは気にも留めなかったのだ。本気でリリーのことを心配などしなかった。あの夜、ヴィートよりも、通りすがりの知人のほうがはるかにリリーの身を案じてくれた。彼女は屈辱感にさいなまれた。こんなところで私は何をしているの? 自分のことを気にもかけてくれず、わずかな敬意すら払ってくれない男性と、なぜ一緒にいるのだろう?

「僕から隠れるのはやめろ」

みじめな気分のリリーを、冷たい鋼鉄のようなヴィートの声が切り裂いた。頭を上げたとき、ヴィートがこちらへ手を伸ばしたところだった。たちまちリリーはベッドの脇に立ち、彼と向かい合った。

「隠れていないわ」リリーは昂然《こうぜん》と髪を肩へ振り払った。彼の前にまた胸がむきだしになったが。

「君がヴェネチアを去った夜の話は二度としないことにしよう。明日はルイージの店で食事する。もうすぐ結婚する予定の、有頂天になっているカップルだとみんなに見せるんだ」

「あなたがそうしたければ」リリーは硬い声で答えた。いったい何があったのかと、ルイージが好奇心に駆られるに違いないと思いながら。

「君がルイージに頼ったことは許しがたい」ヴィートの声は思いつめたように震えていた。

「よく聞くんだ。僕たちの問題を二度とこの寝室から外へ持ちだすな。何があっても」彼はきしんだ声で言った。「僕たちの間のことを他人に話すな」

「あなたは私を追いだしたのよ!」

「だが、君は戻ってきた」ヴィートはリリーの体に視線を走らせ、彼女の欲望をかきたてた。「君は自分の行動に責任をとらなければならない」

「どういう意味?」リリーは背筋を伸ばし、熱い視線のせいでもじもじしたくなるのを堪《こら》えていた。

「君が僕のものになることだよ」ヴィートの声には相手の体を所有しているという響きがあった。「君はなんでも僕の望みどおりにするんだ」

「いつもあなたの望みどおりにしてきたでしょう」

そのとおりだとリリーは屈辱を覚えながら気づいた。もっとも、一緒にいたときは、自分たちが望むものが同じだと思っていたけれど。

「いつもではない」彼はリリーを手荒くつかんで引き寄せた。彼女にのしかかり、髪に両手を差し入れて仰向かせる。二人の顔は数センチしか離れていない。「だが、今や君は僕のものだ。僕だけのものなんだ。ほかの男が君に触れることは二度とない」

ヴィートはリリーをさらに引き寄せ、二人の腰を強く押しつけ合った。彼が唇を閉じて激しく強引に唇を求めてくると、リリーはあえいだ。

二人の間に突然また燃えあがった性的な炎をかきたてながら、ヴィートの舌が口の中に押し入ってくる。欲望が押し寄せ、リリーは体がうずいて脚から力が抜けた。リリーの腿の付け根は官能的に脈打ち始めた。生まれたままの体を両手でまさぐられて彼女は激しく乱れ、彼に触れたくてたまらなくなった。

そのとき、ヴィートはふいにリリーから離れ、肩をすくめて上着を脱いだ。リリーは震えながら立って浅い呼吸をしつつ、ヴィートが服を脱ぐ様子を眺めていた。リリーは彼の顔に視線を向けた。

目にしたものにリリーは動揺した。

ヴィートは激怒していたのだ。

彼の目には怒りが燃え、顔は緊張で引きつっている。リリーが不貞を働いたと思いこんでまだ腹を立て、復讐《ふくしゅう》のつもりでこんな行動に出ているのだ。

「やめて」リリーはあとずさった。

「もうあと戻りできない」ヴィートは前に進み、彼女の胸をつかんだ。胸の先を親指でもてあそぶ。リリーの全身に歓喜のさざ波が広がった。「僕が望むときはいつでも、君は僕のものだ」

「怒りにまかせて私を奪うわけにはいかないわ」リリーは言った。胸を愛撫《あいぶ》する彼の手の感触も、かきたてられた性的な喜びも無視しようとしながら。

「僕は自分のものを取り戻すんだ」

「私はいつでもあなたのものだったわ」

リリーが言い終わらないうちにヴィートは距離をつめ、ふたたび彼女を抱き寄せた。キスを求めて彼の口が下りてくる。自分の権利をもっとも基本的な方法で主張するかのように、ヴィートはリリーの唇の間に舌を差し入れた。

リリーの体は意に反してヴィートの体に反応した。こんなことは正しくないと頭は抗議していたが。いくらかでも自尊心を持ち続けたければヴィートを止めなければならない、と思いながらも、体は彼を求めてうずいていた。心の奥底で、リリーはヴィートにのしかかられ、満たされたいという欲求で震えていたのだ。もう一度彼のものになりたいと。

ふいにヴィートは身を引いた。荒く息をつきながら、何を考えているかわからない表情でしばらくリリーを見つめる。そして背を向けて出ていった。

リリーはヴィートの後ろ姿を見つめていた。相反する感情に悩まされながら。

こうなることを私は望んでいたんじゃないの？

だったらなぜ、取り残された気がするのだろう？

リリーは窓辺に立ち、眼下の運河を眺めながら、どうすればヴィートとの関係が良好になるかと考えていた。二人が結婚してから数週間になるが、リリーはまだその事実に馴染《なじ》めなかった。

結婚したことが現実だとは信じがたい。寝室から飛びだしていったあの夜以来、彼はめったにリリーのそばに寄らなかったからなおさらだった。彼女は初めのうち、ヴィートが冷却期間を置いているだけだと推測していた。激怒しているとわかったからだ。だが、やがて結婚式が終わると、二人はあからさまに堅苦しい会話しか交わさなくなった。

結婚式はごく内輪の小さなもので、時がたつにつれてほとんど印象も残らなくなっていった。結婚式のように重大なイベントがたいした感慨もなく忘れ去られるなんて尋常ではない。だが、この結婚は普通のものではないのだ。何週間か過ぎると、その事実が痛いほどはっきりとわかってきた。

リリーは時間のゆがみの中から出られないような気がしていた。なんの変化もなく、毎日が同じような日々だった。ヴィートは寝室をともにしていたが、たいていは夜遅くまで働き、真夜中を過ぎてからベッドに入ることもよくあった。そして数週間がたっても、決してリリーに手を触れなかった。

ヴィートが祖父を案じているのは知っていた。リリーがヴェネチアに戻った最初の日、祖父の健康に異状を感じた彼の本能は正しかった。ジョヴァンニは間もなくひどい肺感染症にかかったのだ。だが、集めたわずかな情報によると、今は治ったらしい。

リリーは窓に背を向けた。しばらく読書してから散歩にでも行こうか。そのとき、入口で何か動くものが彼女の目をとらえた。

「ヴィート」リリーは驚いた。まだ朝の十時。彼が日中に仕事から帰ってきたことはなかった。「大丈夫なの？　まさかお祖父《じい》様が……」

「ああ。実を言えば、帰ってきたのはそれが理由なんだ。祖父の健康はだいぶ回復した。今朝は君を祖父に会わせるのにうってつけの機会だと思う」

「バッグを取ってくるわ」リリーはドアに向かい、ためらった。ヴィートは彼女が通れるように脇へ寄ろうともしないのだ。彼女は息をつめて彼の前を通過した。かすかに体が触れると、腕の毛が逆立ち、鼓動が速くなるのを感じた。そんな感情を無視しようとしながら、リリーは階段を上って寝室に行った。鏡の前で立ち止まり、自分の姿を点検する。頬が紅潮し、目が生き生きしているのを見て当惑した。

少し彼に触れただけでこんなに顔が輝くの？　わずかでも一緒にいられるという期待感のせい？

いずれにせよ、その点をじっくりとは考えなかった。着替える必要はないので、すぐに下に行った。ヴェネチアに戻った最初の朝、服装のことでヴィートとひと悶着《もんちゃく》あってから、リリーは身なりに気をつけていた。また屈辱感を味わいたくなかったのだ。

〈カ・サルヴァトーレ〉までは歩いてすぐだった。バロック様式の屋敷《パラッツォ》に着くと、ヴィートはリリーの手を取った。二人の間に電流が走り、リリーは震えた。もう少しで愛を交わしそうになった夜以来、まともに体の接触があったのは初めてだと気づく。

あれからリリーに触れなかったヴィートが手を取った意図は明らかだった。リリーが彼のものだと屋敷じゅうに見せびらかそうとしているのだ。普通の夫婦だと祖父に思われることがヴィートにとってどれほど大事か、彼女は身にしみて感じた。

ヴィートは美しい建物の中へリリーを導き、二階の部屋に行った。ジョヴァンニがベッドに寝ている。

「お祖父さん、会わせたい人がいるんです」ヴィートは言った。部屋の中に入り、祖父の頬にキスする。そして肩に腕をまわして助け起こした。

「英語で話すのかね？」ジョヴァンニは尋ね、近視らしい目を細めて室内を見た。「実に興味深い。眼鏡をかけたほうがよさそうだな」

リリーは微笑した。不安はあったが、早くもこの老人に共感を抱いていた。体は弱っているかもしれないが、ジョヴァンニの心は間違いなく活動的だ。

「新聞と一緒にありますよ」彼女は大きなベッドの反対側に行き、眼鏡をジョヴァンニに渡した。

「ありがとう。いや、そこにいてくれ」ジョヴァンニはつけ加えた。骨ばった手でリリーの腕を取って引き寄せる。「君をじっくり見られるようにな」

「ノンノ！」ヴィートは優しくたしなめた。「リリーから手を離してくれたらきちんと紹介しますよ」

「礼儀作法か！」ジョヴァンニは嘲笑《あざわら》ったが、リリーから手を離した。「私の年で、礼儀作法などなんになる？　さっさと話すんだ。こちらの若くてきれいなイギリス人女性はどなたかな？　それになぜ、彼女を私に会わせに来たのかね？」

「こちらはリリーです」ヴィートは言った。「ご報告できるのがとてもうれしいのですが――」

「わかった、わかった。もったいぶるな」

「彼女は僕の妻です」祖父の口出しに少しもひるむことなく、ヴィートは滑らかに言い終えた。

「妻だと？　私が知らなかったのはなぜだ？」

「病気だったからですよ。先に結婚して、お祖父さんの具合がよくなってから話そうと思ったんです」

「私抜きで結婚したのか？」ジョヴァンニはやや腹立たしげに言い、鋭くヴィートを見てからリリーに視線を移した。「では、ようやくおまえも分別を持って、身を落ち着けようと決めたわけだな？」

「はい」ヴィートは愛情を誇示するかのようにリリーを抱きしめた。彼女はヴィートにもたれ、体にまわされた力強い腕の感触に慰めを見いだしていた。これがただの芝居にすぎないと心得ていたが。「とてもこぢんまりとした結婚式だったんです」

　孫息子に身を固めてほしいというジョヴァンニの願いは、ヴィートの突然のプロポーズにとってどれくらい重要だったのだろう？　初めは何もかもあまりにも速く展開したが、いまだにリリーはヴィートの動機がよくつかめなかった。彼女が結婚したのは子供のためだ。でも、それがヴィートにどう関係するか、本当の意味ではわからない。彼がリリーを避けているようだからなおさらだった。

「では、やっとふさわしい女性を見つけたのか？」ジョヴァンニは身を乗りだし、じっとリリーを見つめた。「イギリスの薔薇《ばら》――イギリスの百合《リリー》と言うべきかな？　彼女に似合いの名前じゃないか」

「僕に似合いの女性です」ヴィートは彼女の頬に軽くキスした。「そうですよ。いずれぴったりの女性が見つかるといつも言ってくれたじゃないですか」

ジョヴァンニは鼻を鳴らし、いたずらっぽいユーモアを浮かべた目を輝かせた。「私の言ったとおりだったろう？　あのひどい感染症にかかる数日前、おまえに話したことを覚えている。急いで跡継ぎを私に授けてくれと。その結果がこれかな？」

リリーはどうにか驚きを表さずにすんだ。痛いほど心臓が引きつっている。一瞬、空気を吸おうとしてあえいだとき、横にいるヴィートが目に入った。

彼は完全に身をこわばらせていた。リリーはぞっとした。激しい苦悶《くもん》のせいで体が緊張しているヴィートの痛みを感じ取ったかのように。

「おまえは出張でロンドンへ出かけていたな」ジョヴァンニは言った。「どういうことだったんだ？　最初に惹《ひ》かれた女性にプロポーズしたのか？」

「いえ。そういう成り行きじゃないんです……」ヴィートは祖父の顔を見つめ、ふいに言葉に窮した。

こんな展開になるはずじゃなかった。抜け目ない老人にヴィートは完全に不意打ちを食らった。すぐさま自分を取り戻さないとすべてが水泡に帰す。リリーとの関係が本物だと信じなければ、祖父は彼女の子供を跡継ぎとして受け入れないだろう。祖父を満足させられない。祖父を満足させることがすべての目的なのだ。自分の名が受け継がれるのを見たいという、死の間際の願いをかなえることが。愛する祖父の最後の日々を幸福にしてやれない孫などどうしようもない。さんざん世話になったのだから、これぐらいのお返しは当然だろう。

「あなたがご病気になる前日、私たちがロンドンから着いたのは本当です」突然、リリーが口を開いた。静かだが明瞭《めいりょう》な声が高い天井の室内に響く。「でも、私たちは出会ったばかりではありませんでした」

「もっと話してくれ」ジョヴァンニは身を乗りだした。彼女の言葉を聞くことが助けとなるかのように。

「私たちが出会ったのは一年近く前です」リリーはベッドのそばに寄った。「ロンドンとヴェネチアを週末や休暇のときに何度か往復するうち、ヴィートは私に自分の家へ来てくれと頼みました。それ以来、彼とヴェネチアに住んでいます。十一月から……」

ヴィートから鋭い視線を向けられ、リリーの言葉は小さくなった。リリーが話したので彼は驚き、かなりほっとした。だが、今や彼女は赤面してうつむいている。ブロンドの髪が垂れて顔を隠していた。

「どうしたんだ？」ジョヴァンニは大声で言った。「なぜ、話すのをやめたんだね？」

「私は……急に思い当たったのですが、あなたはカトリック信者ですよね」リリーは顔を上げ、ためらいがちに続けた。「だから私たちが一緒に暮らすことに賛成なさらなかったかもしれません。すみませんでした。ヴィートがこれまで私をここに連れてこなかったのは、それが理由だったと思います」

ジョヴァンニが笑いだしたため、いきなり部屋に漂った緊張感が緩んだ。

「これでわかったよ」ジョヴァンニはくつくつ笑いながら話した。「おまえは時間をかけてこの関係がうまくいくか確かめていたんだな。カプリシアとのことがあったから、用心する気持ちは理解できる」

「きちんと確かめたのは賢明でした」ヴィートは振り返ってリリーを見つめた。彼女がなぜあんなことを言ったのかわからなかった。彼をかばおうとしたのか、同意した役割を演じただけなのか。それとも、無邪気に自分の気持ちを話しただけかもしれない。

どんな説明がつけられるにせよ、ヴィートは安堵《あんど》した。リリーを抱きしめた彼の行動は心からのものだった。彼女の誠実な話し方に祖父はすっかり魅了されたようだ。そのことにヴィートは感謝した。

リリーは元妻のカプリシアとは大違いだ、とヴィートはいつの間にか考えていた。それどころか、リリーは彼が関《かか》わってきたどの女性とも違っている。

そう思うとなぜか彼は落ち着かなかったが、そんな考えは容赦なく心の奥に押しやった。

リリーがほかの男と関係を持って自分を裏切ったことは忘れられない。

「だが、今では状況が変わりました」ヴィートは祖父に視線を戻し、話し続けた。「僕たちに未来を見つめさせるものができたんです」

「なんだね?」ジョヴァンニは背筋を伸ばした。

「リリーは妊娠しているんです。僕たちがすばらしい知らせを最初に伝えたのはお祖父さんですよ」

ジョヴァンニはしばらく呆然《ぼうぜん》としていた。あまりにも長くこの知らせを待ち望んでいたため、急には理解できないようだった。それから彼は笑み崩れた。

ジョヴァンニの目に涙が輝く様子をリリーは見守っていた。会ったばかりだが、この知らせが彼にはどれほど重要だったかがわかった。とっさに彼女はベッドにかがみ、ジョヴァンニの頬にキスした。

「君のおかげで私はとても幸せだ」ジョヴァンニは言った。「私の名は受け継がれる。〈カ・サルヴァトーレ〉で暮らす一族の者がこれからもいるのだ」

リリーはジョヴァンニにほほ笑んだ。ヴィートの家族の暮らしは自分のものとかなり違うと思いながら。彼女が育った環境では、数百年にわたって一族の屋敷に住むなんて想像もできなかった。

「ヴェネチアをどう思うかな?」急にジョヴァンニが尋ねた。「古くてぼろぼろと言われている。私みたいにな」楽しそうな輝きが目にあるせいで年よりも若く見えたが、彼にとってこの質問は重要なのだとリリーは理解した。「だが、年老いた者にもまだ人生がある。君はどう考えるかね、リリー？」

「言うまでもありませんわ」リリーは温かくほほ笑み、身を乗りだして彼の手を取った。かすかな震えが伝わり、会ったばかりだが、ジョヴァンニが疲れているとわかった。「ヴェネチアは私が育った緑豊かで広々とした田舎と大違いですが、大好きです。美しくて魅力的で、いつも新しい発見があります」

「君にはにぎやかすぎないかな？　静かな田舎で暮らしてきたというのなら」

「私はざわめきが好きなんです」リリーは心から言った。「それにちょっとゆとりが欲しければ、水辺を散歩したり、ラグーナで船に乗ったりできますし」

ジョヴァンニは枕《まくら》にもたれた。体は弱々しく見えるが、色あせた青い目には輝きがある。

「お祖父さんは疲れている」ヴィートが言った。「休めるように僕たちは帰ります」

「ちょっと待て」ジョヴァンニはふいに言った。「いちばん上の引きだしを見てくれ。木の箱がある」

「これですか？」ヴィートは年代物の整理だんすにあった、磨かれた平たい木箱を掲げて戻ってきた。

「リリーにやってくれ」ジョヴァンニは言った。

ヴィートは眉を寄せたが、祖父の命令に従った。彼の不機嫌な表情とジョヴァンニの願いとの板挟みになり、リリーはためらいながら箱を受け取った。

「まあ!」箱を開けたリリーは息をのんだ。目が覚めるほど美しいネックレス。「すばらしいわ!」

「アンティークのヴェネチアンガラスだ」ジョヴァンニは言った。「私の曾祖母《そうそぼ》のものだった。これまで誰の手にも渡したことがない。君にあげよう、リリー。ようこそわが一族へ」

リリーはアンティークの宝飾品にただ見惚《みほ》れるばかりだった。これほどきらびやかなものを見たことがない。このガラス製ビーズのネックレスが何百年も前のもので、何代にもわたって大事にされてきたかと思うと、いっそう特別なものに感じられる。

「受け取れません」ヴィートは言った。

「おまえにやるわけではない」ジョヴァンニは厳しいまなざしで孫息子を見つめ、目をうるませてリリーを見やった。「おまえの妻はそのネックレスにふさわしい。彼女の表情から、これの本当の価値をわかっていることがうかがえる」

「ヴィートの言うとおりです」彼女はしぶしぶ箱の蓋《ふた》を閉めた。「これほどのものをいただくわけにはまいりません。さっき会ったばかりなのですから」

「そんなことは関係ない。君はもう私の孫娘だ」ジョヴァンニは枕にもたれて目を閉じた。「もう帰りなさい。私は疲れた」

二人は黙って家路をたどった。リリーの頭にはさまざまなことが浮かんでいた。まだ山ほどの疑問があるが、少なくともいくつかは明らかになりだした。ジョヴァンニはすばらしい老人だ。祖父の最後の日々をヴィートが幸せにしてやりたいと願う気持ちはよくわかる。でも、ヴィートは誰にも正直ではない。

間もなく二人は寝室に戻った。

「話してくれたらよかったのに」リリーはずばりと言った。「私と結婚したい唯一の理由は、お祖父様の最後の日々をいっそう幸せにするためだって」

「僕たちの取り決めをややこしくする必要はない」ヴィートは彼女の非難を打ち消そうともせずにそっけなく言った。「君に関係ないことだ」

「関係あるわ。私は巻きこまれているのよ！　あなたの子供を、ジョヴァンニの孫を身ごもっているのは私よ。彼の最後の日々をともに過ごすのも」

「そんな台詞《せりふ》は聞きたくない」彼はぴしゃりと言った。「何度繰り返しても、嘘は真実にならないのだから、その子が僕の子だと納得させようとしても無駄だ」

「でも、本当なのよ。あなたがどう言おうと、私はこの子があなたの子だと信じることも話すこともやめないわ。だって、それが真実だもの」

「祖父は年老いて弱っている。あまり長くはないだろう」ヴィートは容赦なく話題を元に戻した。「祖父に必要なのは、自分の一族が続いていくという信念なんだ。君とのつきあいではない」

リリーは苦々しい思いで彼を見つめた。こんな状況だが、ジョヴァンニに会えてよかった。すばらしい老人だし、彼と過ごせば人生が豊かになるだろう。

「ああ、まさか！」ふいに彼女はあえいだ。ショックのあまり脚から力が抜け、ベッドの端に腰を下ろす。「あなたにとって、この結婚は一時的な取り決めにすぎないのね。ジョヴァンニが亡くなったらすぐ、私と赤ちゃんをまた捨てるつもりなんだわ！」

リリーは無言の懇願を込めてヴィートを見あげた。誤解だと言ってほしくてたまらなかった。だが、彼は険しく冷たい表情でリリーを見つめているだけだ。

「お祖父様は幸せな気持ちで亡くなるでしょう」ついに彼女はぞっとする思いつきを声に出した。「そうしたらあなたにとって私はもう用がなくなる。赤ん坊もね。道理で、この赤ちゃんが自分の子ではないと言い張ったくせに、結婚を提案したはずよ！」

「それが実際的な解決策だった」ヴィートは冷淡に言った。「これで君も、自分の無実を納得させようとしても無駄だとわかったはずだ。祖父との絆《きずな》を育ててもしかたない。ヴェネチアに根を下ろしても無意味だ。祖父が世を去ったとたん、君は過去の人間になる」

情け容赦なく冷たい言葉が胸にしみこむと、リリーは恐怖に駆られてヴィートを見つめた。

「なんて卑劣な人なの！」リリーはふいに飛びあがって彼につかみかかった。「あなたをあんなに愛しているお祖父様にふさわしくないわ」

「僕を裏切った恋人にもふさわしくない」青い目にひらめいた怒りの炎だけが、彼の感情を示していた。

リリーは彼をにらみつけ、必死で言葉を探した。ヴィートがこんな仕打ちをするなんて信じられない。

一緒に暮らしている間、彼を公正で寛大な男性だと思ってきた。それは妊娠したせいで捨てられた日から変わった。ヴィートが求婚したとき、リリーは彼への評価をもう一度考え直そうとした。だが、新たにわかったこのおぞましい事実のせいで、評価は最低レベルに落ちた。

「こっちへよこしたまえ」ヴィートはアンティークのネックレスが入った箱をリリーの手から奪った。「それを身に着けさせるわけにはいかない」

リリーはヴィートの手に移った箱をまじまじと見つめ、またいきなり頭に血が上った。「ジョヴァンニがそれを私にくれるのをあなたがいやがったのも当然ね。心配しないで。値もつけられないほど高価な一族の家宝を盗みはしないから」

「これはとても古くてもろくなっている」ヴィートはそっけなく言った。「ヴェネチアは湿度が高いから物が傷みやすい。君が身に着けたときにばらばらにならないよう、専門家に見てもらう必要がある」

「身に着けるつもりはないわ。すばらしい贈り物だったけれど、あなたのせいで台なしになったから」

リリーはヴィートを見あげた。彼の肩が緊張でこわばり、鋭い輪郭の顎の筋肉が脈打っていることに気づいた。ひそめた黒い眉の下の目には、強烈な感情が輝いていたけれど。ヴィートはそう思わせようとしているほど冷静でも、この会話で動揺しなかったわけでもないのかもしれない。だが、彼の気持ちは変わらなかった。

「あらためて僕たちの関係をはっきりさせよう。今日君が知った事実のせいで、僕たちの取り決めに変化が生じることはない。今朝、君は祖父によく接してくれた。今度は僕に愛されている妻という演技を続けてくれ。僕が君との関係を終わりにするまで」

リリーは怒りのまなざしで彼をにらんだ。感じている恐怖を表す言葉が見つからない。

私が不当な非難やヴィートが見せる敵意に耐えなければならないと、本気で言っているの？ 自分の弁明をしたり、意見を言ったりすることも許されないわけ？

しかも、ヴィートは私が用ずみになったら、以前と同じように無情に捨てるつもりでしょう？

「あなたは嘘をついたわ。赤ん坊に将来を与えると言ったくせに」

「そもそも君が嘘をついたんだ」彼が切り返した。「お腹の子を僕の子だと押し通そうとしたときに」

「あなたは気にもしなかったのね」彼女はうつろな声で言った。「結婚が赤ん坊のためだと言ったけれど、これがいい結果になるというの？　あなたは私をだまして自分と結婚させた。その間、私たちを先週のごみみたいに捨てる計画を練っていたのよ」

「今は嘘をついていないし、こんな口論を繰り返すつもりもない。僕は状況を明らかにした。君の反抗的な態度に耐えるつもりはないし、お腹の赤ん坊の父親が僕だと絶えず主張されるのはごめんだ」

そう言うなりヴィートは踵《きびす》を返して寝室から出ていった。ネックレスを手にして。

8

リリーは呆然《ぼうぜん》とヴィートの後ろ姿を見送った。

ヴィートを信じた自分がひどく愚かだったということしか考えられなかった。ヴェネチアの通りに無情に捨てられた夜、彼の正体を知ったはずだった。あれほどひどい仕打ちを受けたのに、なぜヴィートの人生に引きずりこまれるままになったのだろう?

かつて、彼を愛していると思ったことがあったからだ。ヴィートは嘘《うそ》をつき、リリーを操った。彼女とお腹《なか》の子のためには結婚するのがいちばんだと信じこませた。リリーたちのことなど初めから気にもかけていなかったのに。彼の頭にあったのは復讐《ふくしゅう》だけだった。リリーがしてもいないことのために。そして同時に、祖父を喜ばせる方法も見つけたのだ。

リリーは大きく息を吐き、腰に両手を当ててきっぱりと首を横に振った。もう我慢も限界よ。意に逆らって私をここにとどまらせることはヴィートにもできない。彼のもとを去ろう。自分の人生を取り戻さなくては。彼の計画を壊してやるわ。

リリーは衣装だんすからスーツケースを取りだし、服をほうりこみ始めた。デザイナーズスーツも宝石類も何もかも。リリーのものだとヴィートが言ったのだし、今度は全部持っていくつもりだった。

ふいにリリーは手を止めた。ヴィートに買ってもらったものなど欲しくなかった。彼の金に関心を寄せたことなどない。彼女が気にかけたのはヴィートだけだった。今はお腹の子のことが気になっている。

出ていけば、わが子は何も得られない。お金の問題ではなく、認知してもらえないことが問題だった。

リリーの子供時代は彼女との一切の関係を否定した父親によって台なしにされた。そのせいで彼女は深く傷つき、自分の子供が同じつらさを味わわないよう、愛してもくれない男性と結婚さえしたのだ。一緒にいることが、ヴィートに理解してもらうのにいちばんいい方法だろう。彼はこの子の父親なのだ。それを納得させる方法が、まだあるに違いない。

「さようなら、お母さん」リリーは身をかがめて母親の頬にキスした。二人はマルコ・ポーロ空港での手荷物検査に並ぶ列の先頭になるところだった。

「パスポートに、搭乗券……」エレンは重要なものを再確認し、リリーのほうを向いて最後の抱擁をした。「もう一度、おめでとうと言わせて。それから、招いてくれてありがとう」

出発ロビーに消えていく母親を眺めているうち、リリーは空虚で不快な気分にどっと襲われた。母を愛していたが、今の状況では、エレンのヴェネチア訪問はリリーにとって容易でなかったのだ。

これは一時的な結婚生活だとヴィートが認めて激しい口論になったあと、困惑させられるほど早く、以前の生活に戻った。彼は距離を置き続けたし、リリーは事を荒立てたくなかった。機の熟すのを待つのがいいと彼女は直感した。またヴィートとやり合っても、無実を証明することにならない。やがて彼も自分が赤ん坊の父親だと認めるだろう。

結局、リリーは母親を何日か招待した。これがまだ乗り越えていない障害だとわかったからだ。すべてをうまくエレンに納得させるのは、思ったよりも簡単だった。だが安堵《あんど》すべきなのに、状況を母親が即座に受け入れたことがリリーは気になった。

特に仲のいい母娘《おやこ》ではなかった。エレンは繊細でひどく神経過敏なうえ、なかなか理解しづらい人間だったから。リリーは子供のころ、母親がホスピスの患者との手工芸講座にいつも時間や労力をそそいでいることが気に入らなかった。学校行事への出席や食事のための買い物は忘れてしまうというのに。

リリーは成長すると、母親はそうやって耐えているのだと自分に言い聞かせた。母は人生に失望し、自分の存在を恥じて姿を現さないでくれというような男性に頼っている状態を、無力に感じたのだ。

だが、今はリリーが無力感を味わっていた。母親に秘密を打ち明けられないとはわかっていたが、娘が困った状況に陥っていると気づいてさえもらえなかったせいで、リリーは傷ついたのだ。

初めのうち、リリーは母親のために胸の中で弁解した。何年も田舎に住んでいたから、エレンがヴェネチアを見て圧倒されたのは無理もなかった。彼女は旅行者らしいことばかりして過ごしたがった。

母親は手工芸講座のための新しいアイデアについて、延々と話し続けた。右から左に聞き流してやり過ごすことは、リリーにとって簡単だった。なぜ急に結婚したのかとか、ヴィートが現れないのはなぜかといった質問をかわす必要もなかったから。

エレンの姿が見えなくなり、リリーはため息をついた。母の帰国を喜ばずにいられなかった。正直言って、母がそばにいると前よりも孤独を感じたのだ。

リリーはコンコースを横切り、水辺に通じる道へと向かった。ヴィートの船が待っている。六月だった。屋敷《パラッツォ》に戻りたいとは思わなかったが、昼食前にジョヴァンニを訪問する約束があった。

ヴィートは秘書との電話を終え、携帯電話をポケットに滑りこませた。エレンがヴェネチアを去ったのはうれしかったが、リリーが空港から〈カ・サルヴァトーレ〉へ直行した

いのかわからなかったのだ。

母親が来る前から、リリーは毎日、ヴィートの祖父を訪ねるようになっていた。母親が帰るなり、以前のパターンに戻ったらしい。祖父はリリーの訪問を楽しんでいたから、ヴィートはそれを止められなかったが、気がかりだった。リリーがどういうゲームをしているのかわからなかったのだ。

口論のあと、ヴィートはリリーが出ていくものと半ば予想していた。しかし、彼女はいっそうヴェネチアに落ち着くことにしたらしい。老人と友達になって何を得られるとリリーが考えているのか、ヴィートにはわからなかった。だが、彼女の得にはならない。ヴィートはまだすべてを支配していたからだ。

「ああ、わがうるわしのイギリスの百合《ゆり》が来たな」ジョヴァンニは起きあがり、凝った装飾が施されたヘッドボードにもたれた。

「待ってらしたのでないといいんですけれど」リリーは急いで部屋の奥へ進み、枕《まくら》を彼にあてがった。

「いつでも君を待っているよ」ジョヴァンニは微笑した。非難されていないのをリリーは知っていた。この数週間、〈カ・サルヴァトーレ〉への彼女の訪問は二人にとって楽しみな日課となっていたのだ。

だが、母親の滞在中はリリーもたった一度、わずかの間しか顔を出せなかった。

「今日、母は故郷に帰りました」リリーは腕時計を見やった。「今ごろは飛行機の中ね」

「よかった。これで君はもっと夫と過ごせるな」

リリーは目をぱちくりさせてジョヴァンニを見つめた。一瞬、言葉につまった。

「私は年寄りだ。慎重に言葉を選ぶ余裕はない」

「若いときでも、遠まわしな言い方などなさらなかったのでは？」もっとヴィートと過ごせと指示されたことに当惑したが、リリーは笑い声をあげた。彼女はジョヴァンニが好きだったし、どれほど露骨な言い方をされても、腹を立てることなど考えられなかった。でも、当然ながら彼は知らない。知ることはないだろう。リリーとヴィートの結婚の真相を。

「ふうむ」ジョヴァンニは間を置いて考えるふりをした。「あまりなかったな」勝ち誇ったような微笑を浮かべた彼は、つかの間若返って見えた。「だが、私は真剣に言っているんだぞ」

「ヴィートは忙しくて」彼女は言葉を濁し、壁の見事なフレスコ画に視線をそらした。

「仕事で……」

「君がヴィートを愛していて、あいつも君を愛していることは見え見えだ」ジョヴァンニは自信を込めて言った。「だが、君たちの間には緊張感がある」

「あの……」どう答えたらいいかわからず、リリーは口ごもった。ジョヴァンニは二人の間に愛があると思っている。そんなものはないのに。彼女へのヴィートの感情は、明らかに愛とは正反対のものだ。彼ははっきりとそう言った。それに、かつてリリーは愚かにもヴィートを愛していると思ったが、ひどいことを言われ、おぞましい仕打ちを受けた今、ふたたび彼に心を許すのは正気の沙汰《さた》ではないだろう。

「ここで関係を修復したまえ。孫息子はいい男だが、誇り高い。先に行動を起こそうとはしないだろう」

「私から彼に話します」リリーは約束した。ほかに答えようがなかったからだ。

見事な宝石店やヴェネチア製の装身具店の前を通って曲がりくねった迷路のような小道を進みながら、リリーは物思いにふけっていた。お気に入りとなったアイスクリーム店《ジェラテリア》にも注意を引かれない。ジョヴァンニとの約束について考えていたのだ。母親のことも。

レジー・モートンのルールに従う生活を送ったせいで、母はかなりの犠牲を強いられた。彼女は自信も自立心も失った。ついには人生にすっかり恐れをなし、さまざまな講座に没頭した。それに心を奪われ、娘ときちんとした絆《きずな》を結べなくなった。

リリーがもっとも恐れているのは、母のようになることだった。母を愛していたし、自分が愛されていることもわかっていた。でも、母は娘が人生最大の危機に直面していることにすら気づかなかった。

私はお腹の子のためにヴィートと結婚した。その気持ちは変わらない。でも、彼はまだこの子を自分の子だと認めようとしないのだ。早いうちになんとか真実をわからせなくては。さもないと、気がついたときには彼に話すチャンスもなくなって、私はまた独力でやっていかなければならなくなるだろう。

リリーは深く息を吸い、ヴィートと正面切って話そうと決心した。彼がそれを望もうと望むまいと。

その晩、ヴィートが仕事から帰ってきたのは遅かった。彼は寝室のドアをそっと開けた。リリーがベッドに横たわり、寝たふりをしているだろうと思いながら。驚いたことに、リリーは座り心地のいい椅子に座り、ペーパーバックを読んでいた。彼女は本を脇《わき》に置いて急いで立ちあがり、カプチーノ色のドレスのふんわりした生地を無意識に撫《な》でおろした。

「話をしたいの」

「何について?」ヴィートは歩調を緩めようともせずに部屋を横切り、椅子に上着をほうった。

「私たちについて。私たちの結婚についてよ」

「〝私たち〟というものは存在しない」

「でも、生まれてくる私たちの子供がいるわ」

「二度とそんな主張をしないことを理解してくれたと思ったが」ヴィートはシルクのネクタイを引っ張った。リリーの裏切りへの怒りがふたたびわきあがるのを感じる。「またそんなことを話す気はない」

「なぜ、チャンスをくれないの？」彼女の口調は穏やかだが、頬が紅潮していることに彼は気づいた。

「君が僕を裏切ったからだ」

「プロポーズしたとき、あなたは結婚がお腹の子のためだと言ったわね。でも、それは嘘だった。父に望まれなかったことが私にとってどれほどつらかったか、あなたは知っているはずよ。どうしてそんな仕打ちを自分の子供にできるの？　許されないわ」

「その子は僕の子ではない」ヴィートはきしんだ声で言った。

心からの感情がこもったリリーの声は、黒板を爪で引っかく音のようにヴィートの神経に障った。許されないことをしたのは彼女じゃないか。僕がしたことはすべて家族のため、祖父のためなのだ。

「ほかにどう言えばあなたを納得させられるのかわからないわ」リリーはヴィートを見つめた。みじめな気分の中に無力感がふいに顔を出した。

私が無実だということをヴィートに証明できないなら、ヴェネチアにいる意味はあるの？　こんなに長くここにいたのは間違いだったのだろうか？

「何も言うな」ヴィートは言った。彼はリリーを観察していた。彼の顔じゅうに緊張の色が表れている。「これからも何も言わないでくれ」

「私が裏切っていないことをあなたが信じてくれるように、何かできればいいと思うだけよ。自分が父親じゃないとあなたが信じる理由がわかれば……」

ひそめられた眉の下で影になっていたが、彼の青い目に突然、感情が炎となって燃えあがるのがリリーに見えた。あまりにも生々しい感情で、見ているほうも苦痛を覚えるほどだった。彼女が視線を上げると、不精髭《ひげ》が黒く生えた下の顎が脈打ち始めた。

リリーは思わず手を上げて彼の顔に触れた。

とたんに官能が電流のように体を貫き、彼女はさっと手を引っこめた。だが、それより前にヴィートの目にひらめいた輝きが答えを告げていた。

「こんな怒りや不信感は終わりにできない？」リリーは穏やかな口調を保とうとしながら尋ねた。ふいに二人の間に満ちた強烈なエネルギーのせいで心臓は激しく打っていたが。「過去に戻って、すでに起こった出来事を変えるのは無理だけれど、うまくいくように努力はできる。そうしたらあなたはまた私を信じられるようになるかもしれないわ」

リリーはあまりにも正直すぎ、ヴィートに子供を認めてほしいという願いを露骨に表しすぎたかもしれなかった。だが、正直でなかったり、嘘をついたりしたため、二人は今のような袋小路にはまっているのだ。理解してもらうことなど不可能で、ヴィートといてもリリーには無意味な気がする状態に。

「どういうことかな?」彼の官能的な唇に略奪者さながらの笑みが広がる。「切々と訴えても無駄だったから、より基本的な説得の手口を試そうと?」

「違うわ。そんなことするものですか!」リリーは息をのんだ。ヴィートのほのめかしがわかって、頬が燃えるように熱くなる。

「僕を操るため、体を差しだすつもりじゃないだろうな?」ヴィートは前に進んで手を上げ、先ほどのリリーのしぐさを真似《まね》た。二人の間に緊張が走っても、手を引っこめなかったが。さらに手を動かし、シルクのような彼女の髪の中に指を滑らせる。

ヴィートに触れられるやリリーの全身に震えが走った。だが、どんな意味でも、自分について最悪の考えを持たれたままほうってはおけなかった。

「私が言ったのは、二人の間の問題を解決し、橋を架けるすべを試せないかということよ。いがみ合いはやめましょう」

「橋は架けたいな」ヴィートは空いたほうの手をリリーのウエストにまわし、強く抱き寄せた。リリーは彼の高まりが体に当たるのを感じた。彼が架けたい橋が何かはわかったし、彼女もそれを求めていた。

「いいえ、そういうことじゃないの。私たちが停戦できる方法を見つけようとしているだけよ。意思の疎通ができる方法を」

「そうだな。僕たちが最高に意思の疎通をはかれたのはセックスを通じてだ」ヴィートがかがんだので、その言葉はリリーの耳をくすぐった。彼はブロンドの髪を寄せ、敏感なうなじに唇を押し当てた。

「そんな意味じゃないわ」リリーは震える息を吸い、平静な口調を保とうとしたが、彼の舌が甘美な愛撫《あいぶ》を与えながら鎖骨へと這《は》っていくので難しかった。

「どんな意味で言ったかはどうでもいい」彼は両腕を彼女にまわした。「こうすることが君の望みだろう。僕たちのどちらも求めていることだ」

「ええ」高まっていく情熱にリリーはこれ以上抗《あらが》えなかった。もう抵抗したくもない。彼女は目を閉じ、ヴィートの抱擁に身を任せた。

体の奥で期待感が渦巻き、リリーはほとんど無意識に両腕をヴィートの首に巻きつけ、顔を傾けて彼の顔に寄せた。たちまち彼は反応し、唇を重ねた。

開いた唇を舌でなぞられ、リリーはヴィートの腕の中で溶けそうになった。彼女はキスを返し、彼の滑らかな舌が自分の舌と絡み合う感触を楽しんだ。全身に押し寄せる激しい官能に圧倒される。

リリーは両手でヴィートの顔を包み、不精髭に覆われた顎を指先でそっとなぞった。指の下に感じる男性的な顔立ちに恍惚《こうこつ》となる。ヴィートの全身に触れたかった。彼が欲望で正気を失うほど、体の隅々まで手でなぞりたい。でも、高まっていく欲求のせいで彼女自身が奔放に乱れてからだ。

リリーは息を切らしてキスから逃れ、欲望でぼうっとなった目で彼の魅力的な顔を見あげた。ヴィートはリリーのほどけた長い髪の奥にまだ両手を差し入れたまま、彼女をしっかりと抱えていた。つかの間、リリーは濃さを増した青い瞳の深みに溺《おぼ》れた。すると彼は滑らかな動き一つでリリーのドレスのファスナーをつかみ、敏感な背筋に沿って引きおろした。

リリーは震え、彼の両手がドレスの中に滑りこんで背中を愛撫するのを待ち受けた。だが、彼はドレスをリリーの肩から外して引き下げたので、レースのブラジャーがあらわになった。

「前よりも胸が大きくなったな」ヴィートはつぶやき、レース越しに胸のふくらみを確かめると、彼女の背中に手を伸ばして留め金を外した。

「少しね」リリーはうなずき、繊細なブラジャーを取り去られると息をのんだ。

ヴィートに導かれ、ベッドの端に座らせられる。彼はリリーの両膝の間にひざまずき、うずいている胸の先を熱い口に含んだ。

「ああ」リリーは声をあげた。妊娠したせいで前より胸が敏感になったのかもしれない。すばらしい感覚が胸から全身に広がり、もっと愛撫されたくて体が激しく震えた。欲望を感じ取ったかのように彼は彼女の両脚の間にさらに入り、ドレスのスカート部分をヒップの上までめくった。

ヴィートの舌は硬くなった胸の先になおも甘美な刺激を与えている。彼が作りだす得も言われぬ感覚にリリーは満たされていた。リリーはほとんど気づかなかったが、ヴィートは愛撫をやめることなく、彼女のショーツを脱がせて脇へほうった。

間もなくヴィートは胸の先から口を離し、リリーの両脚の間へ唇を寄せた。

「ヴィート！」彼の意図に気づいてリリーはあえいだ。その瞬間、ヴィートの口は彼女のもっとも女性的な、秘められた場所に触れた。そこにヴィートがキスするのは初めてではなかった。彼は欲望がうずいている中心部を舌で巧みに愛撫したものだ。でも、こんなふうに息もできなくなるほどの官能で全身が大混乱の渦に投げこまれたことはない。

急に呼吸が荒くなり、リリーはあえいだ。しだいに意識が薄れていく。わかっているのは、だんだん激しくなる熱く性急な欲望だけ。もう耐えられそうにないと思いつつも、彼女はまだ多くを求めていた。

リリーはヴィートの口の下でもがき、手を上げて彼の頭につかまろうとした。だが、ドレスの袖《そで》がまだ邪魔になって両腕を動かせない。リリーはなすすべもなく、押し寄せる快感に我を忘れていた。

彼の両手に胸のふくらみを包まれ、リリーはベッドに仰向けになってまた叫んだ。次々とわきあがる快感に翻弄《ほんろう》され、どこまでも高みに上っていく。これまで経験したことがないほど強烈な絶頂感だ。

だが、まだ終わりではない。頂点からリリーが下りないうちに、ヴィートは彼女にのしかかった。いつの間にか服を脱いでいた彼はリリーをベッドのもっと上に運び、袖にとらわれていた腕を自由にした。ヴィートはリリーに覆《おお》いかぶさり、すでにわなないていた体の奥深くへ、ためらうことなく侵入した。

リリーはうめいたことにも気づかず、無上の喜びをまた堪能《たんのう》した。ヴィートの熱い高まりで限界まで満たされたくてたまらない。リリーは彼にしがみついた。彼が腰を動かすたび、彼女の手の下で筋肉質の肩が隆起した。

ヴィートはリリーの首筋に顔をうずめた。力強く押し入るごとに彼の息が熱く荒くなっていく。リリーの息遣いも彼の強烈なリズムに呼応する。息切れした高いうめき声は、全身を駆け巡る束縛されない情熱のせいで、彼女が理性を失ったことを示した。

ヴィートの高まりを包むリリーの筋肉は激しく収縮し、官能が体を貫いた。またしてもリリーはすべてを奪われるような歓喜の渦に落ちていく気がした。

「ヴィート！」リリーは彼の名を呼び、息ができなくなった。むせび泣きながら何度も名前を呼ぶ。

リリーは枕に頭をもたせかけ、きつく目を閉じていたが、涙がとめどもなく頬を伝いおりた。またもや苦しいほどの絶頂に達し、全身が震えた。どこまでもどこまでも、高みに上っていく。

突然、頂点に達したヴィートの叫び声が聞こえた。彼はリリーの体の上で頭を上げ、しばらくじっとしていた。そして激しくわななき、自らを解放した。

ややあって彼女は地上に戻ってきた。これほど強烈な経験は初めてだったし、ヴィートとの愛の交歓でこんなに早く、荒々しく反応したのも初めてだ。

愛撫と呼べるものはほとんどなかった。そんなものはリリーにとって不要だったし、欲しくすらなかったのだ。ひとたび触れられただけで、リリーはヴィートを受け入れる用意ができた。欲望で燃えあがり、また彼のものになりたくてたまらなかった。

ヴィートはリリーの隣で静かに横たわっている。振り向くと、リリーは彼に見つめられていた。青い目と目が合うなり、震えが彼女の体を走り抜けた。

「手荒すぎたかな?」ヴィートは尋ね、横向きになって彼女のお腹に優しく手を当てた。

リリーは顔をしかめ、ヴィートの言葉の意味がわかってはっとした。とっさに肘を使って起きあがり、自分の体を見おろす。ウエストのまわりでひとかたまりになった、しわくちゃのドレスを目にして驚いた。ドレスは体を隠す役に立たないどころか、あらわになった胸や、腿の付け根のふくらみをいっそうみだらに見せていた。

「いえ、そんなことないわ」リリーはお腹に軽く置かれたヴィートの大きな褐色の手に、視線をそそいだ。くしゃくしゃのドレスが邪魔で彼の指がきちんと見えないが、手のひらのぬくもりは肌に伝わってくる。リリーは彼への性的な反応をふたたびかきたてられた。

「大丈夫かい？」ヴィートは視線をリリーの顔に戻し、涙に濡《ぬ》れた頬を片手で拭《ぬぐ》った。

「ええ」リリーは硬い声で言った。ふいに自分がヴィートの前に無防備で隙《すき》だらけの姿をさらしていることを意識した。当然、ヴィートは愛の交歓でリリーがどれほど激しく反応したかを知っている。それに彼女は、ふたたび彼への欲望が体に芽生えていることをあまりにもはっきりと自覚していた。

「君は泣いたことなどなかったのに」ヴィートは湿った顔からリリーの髪をかきあげた。

彼女は目を見開いてヴィートに視線を向け、突然、とても大切な真実を悟った。リリーは彼に心を閉ざそうとしてきた。だが、体は心の奥にある真の感情をいつもとどめてきたのだ。彼女の体はヴィートを迎え入れ、彼と一つになりたいと切望してきた。

なぜなら、ヴィートを愛しているから。

さまざまなことがあっても、ヴィートを愛さずにいられなかった。その思いをどうにか隠さなければ、恥ずべき真実をすぐにも彼に気づかれるだろう。

「セックスが恋しかったのかもね」リリーは言葉と同様に軽い口調を心がけた。「妊娠しているせいかも。妊娠するとセクシーな気分になるらしいわ」

はすっぱな返事はリリーらしくなかった。彼女はひそかに緊張し、ヴィートの反撃を待ち受けた。

「君はいつもセクシーだ」彼はすぐさまリリーの上にかがみ、しわくちゃのドレスを腰から引きおろした。「このほうがいい。こんな姿の君がいちばん好きだ。すばらしい巻き毛だけを身に着けた君が」

「あなたはストレートの髪が好きだと思っていたけれど」心の中で泣いていたが、リリーは無理やり答えた。ヴィートの目に見えるのはベッドをともにした女性。彼女の目に見えるのは、自分の愛に決して答えてくれない男性なのだ。「いつもあなたのために髪をストレートにしていたのよ」

「なぜだい?」ヴィートは尋ねた。彼は仰向けになってリリーを自分の上にのせた。彼女のふんわりした髪が肩に流れ落ち、彼の広い胸に触れるように。「なぜ、そう思ったんだ?」

「あなたが言ったからよ。お世辞を言ってくれた」リリーはつきあい始めたころのデートを思い出していた。自分の住む街で観光客のような行動をとることにヴィートは乗り気でなかったが、リリーをゴンドラに乗せてくれた。彼はリリーを腕に抱き、髪を撫でていた。金糸のように滑らかで、冬の見事な夜明けの潟《ラグーナ》に反射する陽光のようだと言いながら。

「覚えていないな」否定の言葉はナイフさながらにリリーに切りこんだ。彼女が髪をストレートにする習慣をつけたのは、ヴィートが言ってくれた大切な言葉があったからだった。でも、そんなものは彼にとって無意味だったのだ。「今はこういうのが好きだ。野性的で奔放な女性。君のように」

リリーはうつむき、髪で表情を隠そうとした。何よりも重要な事実を悟ったばかりだった。ヴィートを愛していることを。なのに、何かにつけて自分が彼にとって意味がない存在だったと気づかされる。

「私たちには不足を取り戻す時間が充分にあるわ」言葉はリリーの喉でつまったが、情熱のせいで声が震えていると誤解されることを願った。この結婚生活をうまくやっていくつもりなら、感情を隠し、本心を彼に見せないようにしなければならない。

「今は何をしたい?」ヴィートは彼女のヒップの丸みに両手を這わせ、高まりのそばへ抱き寄せた。

「もう話はしたくないわ」リリーはヴィートの喉の敏感な肌に舌を這わせようと前に進んだ。彼の胸にこすれて、胸の先が硬くなる。体にはすでに欲望が高まり、ありがたいことに心の痛みを消してくれた。

リリーはこれ以上聞くのが耐えられなかった。幸せだと思っていたころでさえ、ヴィートにとって自分が取るに足らない存在だったと悟らされる言葉は。リリーに裏切られたと彼が思いこむ前だったのに。

ヴィートはリリーにとってすべてだった。今もそれは変わらなかった。

9

翌朝、ヴィートが仕事へ行くために着替えているとき、リリーはまだ眠っていた。彼はリリーを起こさないよう、静かに室内を動きまわった。ヴェネチアに連れ帰ってから、これほどぐっすり眠っているリリーを見るのは初めてだった。

彼女は小声を発して寝返りを打った。頭の上に手を伸ばして枕《まくら》をひっくり返し、また体をすり寄せる。長いブロンドの巻き毛がもつれて広がっていた。

行動の意味がわかり、ヴィートはほほ笑んだ。眠っていてもリリーは枕のひんやりした側を好むのだ。彼女は体温が高く、冷たいものがいつも好きだった。妊娠した今は体内で小さな溶鉱炉が燃えているようだろう。夏の暑さにリリーは耐えられるだろうかと彼は思った。彼女をヴェネト平原にある地所に連れていこう。ドロミテ山脈にある別荘でもいい。しかし、リリーが診療を受けられるようにしておかなくては。彼女や赤ん坊の身に何かあってはならない。

ヴィートはリリーを見おろした。この数カ月でおそらく初めてまともに彼女を見ていた。

注視していることに気づかれないとわかっていたからだ。リリーは横向きになって片方の膝を引き寄せ、もう片方の脚を伸ばしていた。思いがけない感情が押し寄せ、それが何かをヴィートは悟った。リリーが恋しかったのだ。彼女の裏切りを知る前に二人が分かち合っていると信じていたものが恋しかった。

この結婚はすべて祖父のためによかれと思ってしたことにすぎない。祖父は自分の血筋が途絶えないと思いながら最期を迎えるべきなのだ。

だが、昨夜のようなことが続けば――あの愛の交歓はまさに感情をあおるものだった――まだ険悪な雰囲気でも、思ったより状況は楽しくなるだろう。

その朝、リリーは寝坊した。目覚めたとき、性的に満足しきったけだるい感覚が全身にあった。寝返りを打って伸びをし、何時かわかると驚いた。だが、昨夜ヴィートの前で奔放に振る舞ったあとだったから、彼がもう仕事に出かけていてよかったと思った。まだ彼と顔を合わせる心の準備はできていない。

リリーは深い豪華なバスタブに身をゆだねた。頭のてっぺんで簡単に髪をまとめ、柔らかな泡の中でリラックスしてヴィートとの出来事を考えた。どれほど情熱的な行動をとったかを思い出し、頬が熱くなる。愛し合ったことなら何度もあるが、あんなに激しいのは初めてだった。もしかしたら、ヴィートへの愛を体が悟らせてくれたのかもしれない。

昨夜まで、リリーの心は彼を愛しているという可能性を否定していた。あんな仕打ちを受けたあとなのだから。けれども、信じたいことを自分に言い聞かせても、心の奥底の感情は変えられないだろう。リリーの心は真実を知っていた。

でもヴィートを愛せば、自分が弱くなることはわかっている。彼女は小さくため息をつき、バスタブから出た。本当の気持ちを彼に悟られてはならない。

リリーは手早く体を拭《ふ》き、ジョヴァンニを訪ねようと装った。ジョヴァンニのためにおしゃれすることが好きだった。彼はあまり人と会わないのだし、リリーの服装をよく褒めてくれる。

鏡に映った自分を見て、リリーは目を凝らした。瞳はきらきらと輝いて頬は紅潮し、髪は肩のあたりでカールしてあちこちに飛びだしている。このままではジョヴァンニに会えない！　こんな変化が起きた理由を、あの鋭い老人はたちまち見抜くだろう。リリーはひどく恥ずかしかった。

リリーは化粧台の前に座り、引きだしからストレートアイロンを取りだしてためらった。巻き毛がいいとヴィートは言った。また髪をストレートにしたら、彼の意見など気にもしていないと主張するようなものだろう。そのいっぽうで、ヴィートを喜ばせるためになんでもするとは思われたくなかった。

結局、ヴェネチアに戻ってきてから変わらないストレートにした。すでにジョヴァンニを訪ねる時刻に遅れていた。つまらないことで時間を無駄にできない。もっと心配すべきことがある。ジョヴァンニは彼女とヴィートとの間の緊張感を見抜いたが、それが解決したのかとまともに尋ねてくるかもしれないのだ。

だが、心配いらなかった。その日ジョヴァンニは疲れていて、リリーがいる間まどろんでいた。目を覚ましたときは一九六六年の大洪水の話をしてくれた。四十年以上前の話だが、彼の記憶は鮮明だった。

屋敷《パラッツォ》に歩いて戻る途中、リリーはジョヴァンニとの間に芽生えた友情について振り返った。彼は年老いており、医師の話によるとそう長くはないらしいが、一緒に過ごせる時間はリリーにとって喜びだった。彼は一族にリリーを温かく迎え入れてくれた。自分の人生や、ずっと暮らしてきた街についてのジョヴァンニの話が彼女にはうれしかった。

ヴィートとの間がどうなろうと、将来リリーは子供に語って聞かせるだろう。曾孫《ひまご》ができたと知って、ひいお祖父《じい》ちゃんは大喜びだったのよ、と。ジョヴァンニから聞いた話を覚えておくつもりだった。彼女の子供がイタリアの一族について知ることができるように。たとえヴィートが相変わらずリリーと子供のことを認めなくても。

ヴィートは書斎でいらだたしげに行きつ戻りつしていた。リリーに会おうと帰ってきたのだが、いつものように祖父を訪ねていって、まだ戻らないのだ。

遅いじゃないか。彼は今すぐ彼女に会いたかった。

午前中、ヴィートは心ここにあらずの状態で過ごした。とうとう家に帰ってリリーを奪いたいという欲望に屈したのだった。

リリーとの愛の交わりはいつもすばらしかったが、昨夜はそれが新しい段階に進んだ。恍惚《こうこつ》とさせられるほどだった。ヴィートは午前中、そのことばかり考えた。何度も愛し合うことを考えていたのだ。

ヴィートは自制心のなさを罵《ののし》りながら、大股で窓へと歩いた。なぜ、これほどの影響をリリーに与えられるままになったのだろう？　あまりにも長く女性にご無沙汰《ぶさた》していたせいで、昨夜、何が足りなかったかを体が思い出しただけではないのか？

ヴィートは腕時計を一瞥《いちべつ》し、リリーは何時に戻るのかとまた思った。捜しに行くべきかもしれない。だが、〈カ・サルヴァトーレ〉はそう遠くないが、彼女が家まで歩きそうなルートはいくつもある。

ふいにヴィートは自問していた。なんの未来もないのに、リリーが祖父を訪ね続けるのはなぜか、と。

リリーの訪問はやめさせられなかった。祖父がとても楽しんでいるらしいからだ。だが、彼女も本当に楽しいのだろうかとヴィートには不思議だった。

リリーはヴィートが知っていたほかの女性たちと違った。最初に彼がリリーに惹《ひ》かれた理由の一つはそれだった。彼女はヴィートの富や地位に無関心らしかった。一緒にいることだけを望んだのだ。

そんなことを思うと動揺したが、彼はそれを脇《わき》へ押しやった。デスクの前に座ってノートパソコンを起動し、断固として自制心を取り戻そうとした。

リリーが帰宅したのはいつもより遅い時間だった。パラッツォの階段を上っているとき、奇妙な感覚で背筋がざわめいた。誰かに見られている気がする。

「君を待っていたんだ」

ヴィートがそばにいるという勘が働いていたものの、リリーはぎょっとして階段の途中で立ち止まった。見あげると、書斎の外に彼が立っている。

ドア枠にさりげなくもたれ、見事な体のいたるところから自信と性的魅力を発散しているヴィートを見て、リリーの胸は高鳴った。息ができなくなり、胃のあたりが激しくざわめき始める。

「お祖父様のところに行っていたの」言葉がかすれ、リリーはごくりとつばをのんだ。冷静でいようと決意する。体にも心にも、昨夜の激しい愛の交歓の記憶がふいにまざまざとよみがえったが。

「様子はどうだった？」イタリア人らしい滑らかなアクセントのせいで防御壁が揺らぎ、

たちまちリリーは平静さを失い始めた。

「元気だったわ。でも、お疲れのようで。洪水のことを話してくれたけれど」リリーはヴィートのところへと階段を上り始めた。努力したが、書斎の入口に立っているヴィートから視線をそらせない。

彼はダークスーツの上着を脱ぎ、ネクタイを緩めた。その影響は驚くほど強烈だった。そう長くは完璧《かんぺき》な格好をしているつもりがないと言わんばかりだ。いつもと違うビジネスを考えているかのように。

ヴィートは黒い髪を指で梳《す》き、申し分なく均整の取れた顔から後ろへ撫《な》でつけた。肌がかすかに褐色を帯び、健康と活力そのものに見えた。

ヴィートの青い瞳は情熱をたたえ、リリーをじっくりと値踏みしている。彼の視線のせいで体が熱くなるのをリリーは感じた。だが、熱いはずなのに、うなじから震えが始まり、背筋を伝いおりていった。

リリーは階段のてっぺんに着いたが、ヴィートはまだ彼女の上にそびえている。臆面《おくめん》もなく、リリーの空間を占領していた。動揺した一瞬、彼女はこのまま彼のそばを通り過ぎて歩き続けるべきだったと思ったが、奇妙なほど動けなかった。彼以外のものは目に入らない。ヴィートの体が発する熱でドレスが溶けそうだ。彼の息遣いで耳をくすぐられる。これはヴィートの空間なのかも、とリリーはぼんやり考えた。彼の香りに包まれている。

息を吸うたびにそれを深々と吸いこんだ。異国的なコロンの香りが漂う生々しいほどの男性らしさと、ヴィート自身の特徴とが混じったものの影響を受け、彼女はくらくらした。気がつくと体がふらついている。

ヴィートにウエストをしっかりとつかまれたとたん、リリーはどきりとした。鋭く息を吸ったヴィートも衝撃を受けたことがわかった。二人の間に電流が走ったかのように。ヴィートは彼女を抱きあげて最後の一段を上らせ、目の前に立たせた。

リリーは頭を反らして目を見開き、ほんの数センチのところにあるヴィートの顔を見あげた。彼は目を細くして彼女の全身に視線を走らせると、わが物顔で唇を見つめ、怖いほど明確に考えを伝えた。

リリーはわずかに開いた唇の間から、震える息をすばやく吸った。意に反して舌を出すと、すでに赤くなってヴィートとのキスの期待でうずいている唇を湿し、彼への欲望をあらわにしてしまった。

「君と愛し合うために帰ってきた」

ヴィートの言葉は炎のように彼女を焼き、最後の抵抗をやめさせ、欲望に火をつけた。リリーは目をみはって彼を見つめた。どれほど彼を求めているか、顔じゅうに書かれているだろうと思いながら。

ふいにヴィートはあとずさり、リリーを書斎に引き入れた。音をたててドアを閉め、鍵《かぎ》をかける。そして全神経をリリーにそそいだ。

「ゆうべのことを頭から追いだせなかったんだ」ヴィートはリリーを引き寄せた。

「私もそのことを考えたわ」リリーの声は震えた。ヴィートの手は早くもドレスの前を止めている小さなパールのボタンを見つけ、急いで外していた。

「信じられないな」ヴィートはドレスの裾《すそ》をつかんで、まっすぐリリーの頭から脱がせた。それを脇へほうり投げる。そしてむきだしになった肌に両手を這《は》わせ、彼女を体の奥から震えさせた。

リリーは性的な興奮でぼうっとなった目でヴィートを見つめた。なんて魅力的なの。彼は私と愛を交わすつもりなのだ。彼女の胸は高鳴り、脚から力が抜けた。ちょうど昨夜のように、軽く触れられただけでヴィートへの欲望がまた燃えあがった。

リリーは両手を上げ、うわの空で彼の服を引っ張った。リリーの求めているものがわかったから、ヴィートはすぐさま着ているものをすべて脱いで彼女の前に立った。

ヴィートの見事な体に、リリーは貪欲《どんよく》に視線を這わせた。完璧な男性美の体を目で楽しむ。誇らしげに突きだされた彼の高まりにいやでも視線が向いた。

リリーはそれに触れたかった。触れる必要があった。はっきりと意識する間もなく、彼女は手を伸ばし、彼のたくましい高まりを指で包んだ。

「リリー!」ヴィートは目を閉じ、胸の奥から低く荒々しい声をあげた。リリーはヴィートの顔に視線を据えたまま、彼の好みの方法で手を動かし始めた。たちまちヴィートの息遣いが変わった。開けた唇から不規則なリズムで息を吸う。頭を片方に傾け、前髪が額に落ちるにまかせた。歯の間に舌が覗《のぞ》く。

ふいにリリーはヴィートにキスしたくてたまらなくなった。彼から手を離さずに距離をつめる。そして爪先立ちし、彼の頭を下げさせた。

ヴィートは飢えたようにキスした。官能的な動きで舌をリリーの口の中に差し入れる。その間も彼女の手は彼の張りつめたものを愛撫《あいぶ》していた。キスしながら、指の動きにつれて彼が反応するのを感じた。

突然、ヴィートは身を引き、息をしようとあえぎながら、じっとさせるために彼女の手首をつかんだ。

「そこまでだ。今のところは」ヴィートの声は呼吸と同じように苦しそうだ。どういうつもりなのかリリーはわかった。二人のために時間をかけたいと思っているのだ。リリーがなかばしぶしぶと手を離したとたん、ヴィートは彼女を引き寄せて向きを変えさせた。髪を持ちあげ、うなじにキスする。

「美しい」彼はつぶやき、彼女の耳を舌でなぞった。

リリーは震えてヴィートにもたれた。背中をヴィートの胸にぴたりと押しつけて。その間も後ろから当たっている彼の高まりをはっきりと意識していた。

「鏡を見たまえ。僕が見ているものを見るんだ」

リリーは視線を上げ、大きな鏡に映る自分たちを見た。ヴィートは後ろでわが物顔に彼女を抱きしめている。彼女はレースの下着姿で立ち、輝くカーテンのようなブロンドの髪に覆われていた。

突然、彼は両手をリリーの体の前に滑らせた。

大きな褐色の手がレースのブラジャーの下に滑りこむのを見るのと同時に感じるのは、奇妙な感覚だった。彼の手のひらの下で、リリーの胸の先は硬くとがった。そのとき急にブラジャーを押し下げられたので、片方の胸のふくらみがあらわになった。

欲望が押し寄せ、リリーはあえいだ。手のひらで支えられ、胸は鏡に向かって誇らしげに突きだされている。生意気そうな薔薇色《ばらいろ》の胸の先が目を引く。

「いやな感じかい？」ヴィートは尋ねた。息で耳をくすぐられ、リリーは震えて頭を彼のほうに傾けた。

「いいえ」首を横に振る。触れられたいという痛いほどの欲求で、胸も胸の先端もぞくぞくしている。

ヴィートはもういっぽうの胸に手を滑らせ、やはりあらわにさせた。今や両方の胸が恥ずかしげもなく鏡に向かって突きだされていた。ヴィートに愛撫されたくて硬くなり、うずいている。

リリーはさほど待たなくてよかった。ヴィートは両方の胸のふくらみを優しくもみ始めた。リリーはうめき、もっと愛撫を求めて背中を弓なりに反らした。胸の先端をなぶられると、彼女はあえいで目を閉じ、彼の肩に頭を押しつけた。

「鏡を見たまえ」ヴィートはかすれた声でささやいた。「君はとてもきれいだ」

リリーが目を開けると、彼の右手は胸を離れて下に向かっていった。腹部を横切り、さらに下へと。

リリーは息をつめ、ヴィートの巧みな愛撫を待ちながら欲望が全身を駆け抜けるのを感じた。肌が紅潮し、自分の目に野性的な光が宿るのがわかる。彼の指はレースのショーツの下に滑りこみ、欲望の中心をたちまち探り当てた。ふいに訪れた官能に彼女は我を忘れた。全身を貫く得も言われぬ感覚にリリーの体はすぐさまのみこまれた。彼女はうめき、ヴィートのたくましい胸にもたれかかった。彼は愛撫の手を止めず、彼女をさらに高みへ押しあげていく。

欲望がますます高まるとリリーは腰を揺らし、彼の手の下で震えた。逃れたいかのように、ヴィートの腕の中で身をよじる。でも、逃げたくなどなかった。リリーは今にも限界に達しそうだった。体の中に高まっていく欲求から解放されたい。

二人の体が完璧に呼応していることを証明するように、ヴィートはリリーをつかの間離してショーツを引きおろした。そして革の天板の大きなデスクの上に彼女をかがませた。

ヴィートの意図がわからないうちに、リリーは彼が後ろからのしかかるのを感じた。リリーは軽く両脚を開き、腕をデスクにのせてうつ伏せになった。ヴィートはリリーのヒップをしっかり支え、巧みに彼女の中へ一気に侵入した。

ふいに押し寄せた歓喜のせいで、リリーは音をたてて息を吐いた。体の隅々まで活力に満ちてぞくぞくする。しかし、彼が腰を前後に動かし始めると、たちまち彼女はめくるめく快感に我を忘れた。

胸が激しく打ち、耳の中に鼓動が聞こえる。自分の中で動いているヴィートから受ける、この世のものとも思えない感覚に圧倒され、リリーは何も考えられなかった。リリーはデスクに体を預けて両腕に頭をのせ、波打つブロンドの髪の中に顔をうずめた。ヴィートは背後から彼女を抱えて体を密着させている。彼が突き入れるたび、二人の体はぴったりと一つになって動いた。脚から力が抜け、彼女はヴィートに体を持ちあげられたことに気づかなかった。

リリーは体の中にすばらしい官能が高まっていくことだけを感じていた。そして突然、リリーは絶頂に達し、世界は美しい解放の時を迎えた。

彼女は絶妙なタイミングでリリーのすぐあとに続いた。彼女の名を呼び、体をしっかりと引き寄せる。そして体を震わせ、力強く頂点へ駆けあがった。

リリーは書斎の革張りのソファの上でヴィートの胸にもたれていた。性的に満ち足りた心地よいぬくもりに包まれている。こんな信じられないような経験をしたことはないが、今はなんの不満もない。

ヴィートはまだ何も身に着けず、リリーはレースのブラジャーだけかろうじて残っている。ふいに恥ずかしくなり、カップに胸のふくらみをしまった。ショーツもなく、むきだしの体を隠すものがほかに何もないのに、リリーは驚くほどくつろいでいた。

「僕たちはずいぶん時間を無駄にした」彼はリリーの長いクリーム色の腿をゆっくりと指先でなぞった。

「遅れを取り戻せるわ」リリーは恥ずかしそうにほほ笑みかけた。「とりわけ、あなたが毎日、昼休みに帰ってきてくれたら」

「これは昼休みではない」ヴィートの視線が体を這うと、リリーは胸がどきどきした。彼は彼女の腿の下に手を滑りこませ、脚を持ちあげて自分の膝の上にのせた。そのため、またしてもリリーは愛撫を受けやすい姿勢になった。「今日は会社に戻らない。午後は休みを取ったんだ」

リリーはヴィートを見あげた。つい今しがた、申し分なく満足したはずなのに、またも興奮や欲望がこみあげてきたことに驚いた。

「ひと目見るだけで、なぜあなたはこんなことができるの?」リリーはささやいた。

のために全身がふたたび薔薇色に染まっていることを意識する。

「こんなこと？」ヴィートはからかい、長いブロンドの髪を肩にかけてやったので、ブラジャーがあらわになった。透けたレースの下で胸の先が勢いよくとがっている。彼の注目を求めているかのように。

「私を燃えさせることよ」リリーは震える声で言った。「あなたを全身で求めさせること」

「君を見ることで僕が受ける影響のせいだろう」ヴィートはリリーの顔を両手で優しく包んだ。彼の青い目の奥を覗き、リリーはそれが真実だと知った。

その瞬間、自分たちが強力な時間を分かち合ったことをリリーは悟った。お互いに本当の意味で正直になったのは初めてのような気がする。

これが自分たちの関係のほんの一面、体の関係という面にすぎないとわかっている。でも、重要なものだ。昨日よりも彼に近づいた気がした。愛し合うたびに二人の距離は縮まるかもしれない。

「君を見なくても欲望を感じる」ヴィートはリリーの鎖骨を絶妙な手つきでなぞった。「君のことを考えるだけで興奮するんだ。今朝はオフィスにいてもまったく仕事ができなかった」

「本当？」リリーははにかんで尋ねた。どんな状況でも、彼は完全に自制心を備えた人だと思ったのに。

「もう会話は充分だ」ヴィートの声は低くかすれていた。ふいに彼女の向きを変えさせ、自分の上にまたがらせる。「今度はゆっくりと時間をかけよう」

10

「一緒に来てくれてありがとう」リリーは言った。妊娠中期の超音波検査を終え、病院から出た彼女は明るい日差しにまばたきした。

「礼を言う必要はない」船に乗りこむリリーの手をヴィートは握っていた。「僕の義務だから」

リリーは彼を見やったが、水面から反射する光のせいで表情はわからなかった。超音波検査の間、ヴィートは冷静でよそよそしかった。ここ二週間の態度とは違って見えた。二人が愛を交わした夜から状況はずいぶん変化していた――雰囲気はかなり温かなものになり、緊張感はほとんどなくなった。

でも、それは愛し合ってばかりいたからだろう、とリリーは悲しく感じた。初めのうちは、新たに見つかった親密な関係とお互いの喜びに彼女は圧倒された。ヴィートほどすばらしくて寛大な恋人はいない。彼はリリーをプリンセスのように扱ってくれた。ヴィートを見るだけでリリーは一瞬心臓が止まった。ついに認めた彼への愛はかけがえのない秘密のように心の中で育ち続けた。だが、時がたつにつれて彼女はもっと多くを求めるようになった。性的結びつき以外にもさまざまなことを共有できたらと願ったのだ。

「超音波検査士に赤ちゃんの性別を尋ねたことが気に入らなかった？」リリーはサングラスを捜してバッグの中をかきまわした。ヴィートの表情をきちんと見たかった。検査のあとでヴィートがどう感じているのか、どんな手がかりでも欲しい。

「赤ん坊が男の子だと知れば、祖父は喜ぶだろう」彼の口調は平板で、なんの感情も表れていない。

リリーはサングラスを見つけてかけた。するとバッグに慎重にしまった超音波写真が目に留まった。

「この写真を一枚欲しい？」彼女は薄っぺらな写真をしっかりつかんだ。船が揺れ、強風が吹いている。

「祖父は一枚残らず見たがると思うよ」ヴィートはポケットから携帯電話を取りだして電源を入れ、病院にいた間に電話かメールが入っていなかったか調べた。「写真は大事にしまっておくんだ」

リリーは無言で彼を見つめた。風が吹いているので黒い髪が乱れ、スーツの上着はふくらんでいるが、ヴィートの顔は石のように硬かった。怒りの色はない。というより、感情をなくしたようだった。

彼にはつらいことだろう。リリーが身ごもっているのは自分の子供でないと思っているのだから。

数分後、船は大運河《カナル・グランデ》に沿って進んでいた。ここを通ったことは何度もあるのに、水際に並ぶ壮麗な建物にリリーは感銘を受けずにいられなかった。

「もう午前もかなり過ぎたから、〈カ・サルヴァトーレ〉に立ち寄りたいだろう」ヴィートは言った。「疲れていて、僕が会社へ行く前に家まで連れ帰ってほしいなら別だが」

「ジョヴァンニのところへ行きたいわ。曾孫《ひまご》が男の子だと知って、どんな顔をするか見たいの」リリーはヴィートを見つめ、ふいに少し気まずさを感じた。ジョヴァンニの喜びと、ヴィートのまるで無関心な態度との違いは、動揺させられるほど明確だった。

「祖父は名前選びを始めるだろう。いちばん新しいサルヴァトーレ家の人間にふさわしい、伝統的な一族の名を。だが、心配はいらない。君が気に入らない名は子供につけないから」

リリーは顔から髪を払いのけ、興味を持ってヴィートに視線を向けた。ヴィートには〈カ・サルヴァトーレ〉の大理石の彫像並みの感情や理解しかないと思い始めたところだったので、驚いた。彼女の気持ちに配慮するようなことを彼が言ったのは初めてだった。

「ジョヴァンニが喜ぶ名前を選びたいわ」リリーは言った。ジョヴァンニが選びそうな名については案じていなかった。実は、息子が曾祖父《そうそふ》に心から望まれており、一族の伝統的な名をつけられるほど重要な存在だと知って感動していた。でも、今の状況ではそんな思いもほろ苦かった。ヴィートが祖父と同じように感じてくれればどんなにいいだろう。

「今夜は遅くなる」ヴィートは〈カ・サルヴァトーレ〉の運河側の入口で船から飛びおり、下船するリリーにしっかりと手を差しだした。「遅れを取り戻さなければならない仕事がたくさんあるんだ」

リリーはカナル・グランデを行きかう船の中に戻っていく船を見送っていた。超音波検査の間は、赤ん坊の映像を見ながらとても幸せな気分だった。でも今は、悲しみがどっと押し寄せてくる。

ヴィートとふたたび過ごせるようになったこの二週間はすばらしかった。リリーは将来への不安を心の奥に押しやった。またヴィートと親密な関係になれたことが、二人の間の信頼を彼がもう一度築く上での助けになるだろう、と自分に言い聞かせて。

だが、超音波検査へのヴィートの今朝の反応を見て、何も変わっていないのだと悟った。リリーの中で育っている、畏敬《いけい》の念を抱かせるような小さな命を見ても、彼の態度はやわらがなかった。行動を見ればはっきりとわかる。ヴィートは相変わらずリリーに対して冷酷だった。

それから数週間は同じように過ぎていった。リリーがヴィートの腕の中で一日を終わらない日はないように思えた。それはおいても、リリーは以前よりも深く彼を愛していた。希望の小さな種が彼女の心の中で着実に育っていく。自分の無実をヴィートに納得させられれば、二人の間の状況は本当によくなるかもしれないと。そう、寝室の中でも外でも。リリーの妊娠期間が過ぎるにつれ、日々の暮らしは、彼女がヴィートと住むために初めてヴェネチアに来たときのようにようやく落ち着き始めた。彼はまたリリーを街中に連れだし、レストランで食事するようになった。ついにはまともな話をする機会を彼女に与えたのだった。

そうした状態はリリーが何週間も願っていたものだが、ゆっくりと慎重に事を運ぶべきだとわかっていた。会話は無難な内容にとどめなければならない。チャンスがあるうちに、まだ生まれぬ赤ん坊の人生の基礎を築いておきたかった。性急な発言ですべてをだめにする危険は冒せない。

ある晩、驚いたことにリリーはルイージの店へ連れていかれた。親切な店主をヴィートが疑って激しい口論になって以来、行くのは初めてだった。

店に入ったとき、リリーの体は思わずこわばった。ここに連れてこられたことが耐えがたかった。このところ自分たちの間がうまくいっていたからなおさらだ。ルイージは何か言うだろうが、ヴィートの反応は見当もつかない。

「リリー、ヴィート！」ルイージは大げさな身振りで駆け寄ってきた。「久々に会えてうれしいよ」

「やあ、ルイージ」ヴィートは感情のこもらない声でレストランの持ち主に挨拶《あいさつ》した。

「なんてこった《マンマ・ミーア》！　お祝いを言わなきゃならないようだな！」突きだしているのがはっきりとわかるリリーのお腹《なか》に目を留め、ルイージは声を張りあげた。

「ありがとう」ヴィートはリリーを椅子へと導き、座るように勧めた。

「それに、この前会ったあとで君がヴェネチアへ戻ってきてうれしいよ」ルイージはリリーに話しかけ、ヴィートのほうを向いた。ふいに、保護者ぶった表情がルイージの目に浮かんだ。「君はかなり心配したに違いないな。あんな寒い霧の夜に、愛する女性が通りをうろついていたかと思うとね」

　それこそリリーが恐れていた台詞《せりふ》だった。耐えられなかった。やがて生まれる息子と彼女自身の未来の幸せのために、ヴィートとの関係を改善しようとかなり努力してきたのだから。その瞬間、ふいにリリーは、ルイージがヴィートのことを悪く考えるよりも自分が恥を忍んだほうが簡単だ、と思った。

「あれはばかげた誤解だったのよ」リリーは思わず口に出した。

「いや、僕のせいだった」ヴィートは穏やかに言い、白い麻のテーブルクロスの上で震えているリリーの手に自分の手を置いた。「僕がうかつだったとき、君がリリーの面倒を見てくれたことに感謝するよ」

「彼女を取り戻せてうれしいだろうね」ルイージは言った。目には考えるような表情がまだ浮かんでいる。リリーはできるだけ早く話題を変えたかった。

「ここに――ここにいられてうれしいわ」リリーはつっかえながら答えた。

「彼女はもう僕の妻なんだ」ヴィートはつけ足した。彼の声は低くて真剣だった。

「本当におめでとう！《モルテ・コングラトゥラツィオーニ》」ルイージの顔は輝き、たちまち表情から険しさが消えた。彼はウエイターを呼び、プロセッコのボトルを持ってこさせた。

自分の手に置かれたヴィートの手に力がこもるのを感じ、リリーは彼の顔に視線を向けた。いつものように途方もなく魅力的だが、表情は読めない。リリーがルイージと無関係だったことを信じたと、ヴィートは告げているのだろうか？

それとも、これも祖父の幸せを確かなものにするための演技だと、わからせようとしているだけ？　ルイージとではなくても、リリーがほかの誰かと不貞を働いたとヴィートが信じこんでいるとしても。

だが、泡の立つプロセッコをグラスにつがれ、新婚の二人のためにイタリアふうの派手な乾杯の音頭が取られると、リリーはそれ以上、問題に頭を悩ませていられなくなった。

「ひどい顔をしているぞ」ヴィートは駆け寄ってくると、リリーが最後の数段を上るのを手伝い、書斎のソファに休ませてくれた。

「ありがとう」リリーはほほ笑もうとしたが、ひどく気分が悪いのは事実だった。

「医者を呼ぼう」ヴィートは彼女の前に片膝をつき、様子をじっくりと観察した。

「必要ないわ。二日前に定期検診に行ったばかりだもの。どこも異状なかったわ。〈カ・サルヴァトーレ〉から歩いて帰る途中、暑すぎただけよ」

彼は低く罵《ののし》り、急いでホームバーへ行くと、グラスに氷を入れてミネラルウォーターをついだ。

「すまない」彼はグラスをリリーに渡した。「すぐに飲み物をあげることを思いつけばよかった」

「かまわないわ」リリーは彼の思いやりに心を動かされていた。「まずは座りたかったもの」

「この暑さの中で歩くべきじゃなかったんだ。何日か休みなさい。元気になったら、祖父を訪ねる場合には船で行くんだ」

「何日も休まなくていいわ」彼女は抗議した。「明日にはよくなるはずよ。それに歩かなくちゃ。さもないと、何も運動しないことになって体に悪いわ」

「医者を呼ぶよ」断固たる口調から、すでに彼が決心したのは明らかだった。「君が何をすればいいか、僕も聞いておきたい。頑張りすぎないでくれ」

リリーは仰天してヴィートを見つめた。妊娠七カ月の今、まだフルタイムで働いていたかもしれない。裕福な男性の妻という恵まれた立場にいなければ。

「足首がむくんでいるな」ヴィートはひざまずいてサンダルを脱がせた。リリーの横に並んでソファに腰かけ、彼女を横向きにして自分の膝の上に両脚をのせさせた。「これは普通のことなのかい？」

「そう思うわ」リリーは答えた。ヴィートは優しく彼女の脚をさすり始めた。「ひどくならなければね。助産師はいつも足首のむくみを調べるの。どうしてかはわからないけれど」

「医者にきいてみよう」

「本当にもう私は大丈夫よ」リリーは言い張った。水を飲んだおかげで生き返った思いがし、かなり気分がよくなった。実は、よくなったどころではなかった。ヴィートに触れられて――楽にさせようとしてのことだとわかったが――すでに欲望を感じていた。妊娠第三期に入っても、彼を求める気持ちは弱まらない。「でも、シャワーを浴びてさっぱりしたら、もっと気分がよくなると思うわ」

ヴィートの意図を悟ったときには、力強い腕にリリーはすくいあげられていた。彼女は広い胸に抱えられたまま寝室に運ばれていった。

ヴィートは寝室に続くバスルームに入り、大理石の床にリリーを下ろした。タイルが冷たくて気持ちがいい。いつもそうだが、彼のそばにいるとリリーは自分の体をまざまざと意識する。全身でヴィートを感じていた。彼に触れたい、触れられたいと。

「手を貸してほしいかい?」ヴィートは尋ねた。青い瞳が濃さを増したのを見て、自分が求めるものを彼が正確に知っているとリリーはわかった。

「貸してほしいわ」シャワーの栓をひねったヴィートと体が触れ、リリーは震える息を吸った。彼はかがんで彼女のサマードレスを頭から脱がせた。

ヴィートは自分の服をすばやく脱いでドア越しに寝室へ蹴《け》りだすと、リリーのほうを向いた。

「君はとても美しい」彼は妊娠七カ月のふくらんだお腹を撫《な》で、レースの下着に手を伸ばした。

リリーはヴィートのたくましい肩につかまってショーツを脱いだ。妊娠がはっきりわかるようになったのに、彼はまだこんなに体を褒めてくれる。それにヴィートは知恵を働かせて、リリーの体の変化に応じた愛の交歓の楽しみ方を新たに発見した。自分に対するヴィートの接し方を見ていると、リリーには未来への希望が生まれた。やがては彼も愛という感情を分かち合ってくれるのではないかと。

ヴィートはリリーのブラジャーを外した。生まれたままの姿で二人は一緒にシャワーを浴びた。異国的な香りのボディシャンプーで全身を洗われ、彼女は吐息をもらした。彼といるのはすばらしかった。

その日の夜、ヴィートはドロミテ山脈にある別荘へリリーを連れていった。ヘリコプターから降りたとたん、ひんやりした空気で体がリラックスするのをリリーは感じた。

「すばらしいわ」彼女は息を吸い、絶景を鑑賞した。

「身を隠したいときに山小屋は役立つ。それに君が静養するにもいいだろう」

「ヴェネチアでそんなに大変なことをしているわけではないわ」リリーは振り返ってヴィートの山小屋とおぼしきものを見た。イメージにある山小屋らしくない。高級なスキーロッジのような木造の堂々たる建物だとは思わなかった。「私は妊娠しているだけよ。病人じゃないわ」

「街から出るほうが君にいいと医者は考えていた」ヴィートはリリーの手を取り、建物の右側を取り巻いているらしい一階のバルコニーに通じる木製のステップを上らせた。「僕もそう思うよ」

彼はリリーを一階の居間に案内した。どこまでも続く見事な光景が最大限に見える部屋だ。

「座って休みたまえ。僕は家政婦に夕食の相談をしてくるから」

リリーは大きくて快適な肘掛け椅子におとなしく沈みこんだ。ヘリコプターから降りたばかりなのに、脚を休ませられるのがうれしかった。今日の午後はほとんど眠って過ごし、医師が来たとヴィートに起こされるまで寝ていたのだった。

何も問題ないと医師は請け合い、リリーがしばらく街を離れてもいいだろうと言った。医師が帰ると、リリーは自分のためにヴィートが仕事の予定を乱す必要はないと言おうとした。だが、リリーが眠っている間に彼はすでに荷造りをしていたのだった。

ヴィートがひとたび決心したら、それを変えるすべはないとリリーは知っていた。彼が荷物を詰めてくれたことにリリーはひそかに感動した。

「飲み物を持ってきたよ」ヴィートは氷水の入ったグラスを持って入口に立ち、景色を眺めているリリーを見つめた。

彼女は美しかった。頬はほんのりほてっている。横から見ると、華奢《きゃしゃ》な鼻はやや上向きだ。髪はうなじでまとめられているが、長いブロンドの巻き毛が飛びだして、顔の横を愛らしく縁取っている。

「ありがとう」リリーはヴィートのほうを向いてほほ笑んだ。ただでさえ輝いている顔がいっそう明るくなる。ふいにヴィートは彼女を街から連れだしてよかったと思った。なんの邪魔もなくリリーを自分のものにできる。この結婚の核心とはいえ、子供が間もなく生まれたらすべてが変わるだろう。リリーは人生での新たな関心の対象を見つけ、自分たちが築いてきた心地よい暮らしも違うものになるはずだ。

「飲みたいだろうと思ったんだ。このごろ君はいつも喉が渇いているから」ヴィートはリリーにグラスを渡し、向かい合った肘掛け椅子に座った。

「こんなところがあるのを知らなかったわ」リリーがたっぷりと水を飲むと、氷が音をたてた。「よく利用するの？」

「冬にスキーをするときだな」復活祭《イースター》に自分をどん底に投げこんだリリーが去ったあと、ここで過ごした約二週間を彼は暗然と思い出した。「夏に日常生活のわずらわしさから逃れるにも静かでいいところだ。車でも、ヴェネチアからそう遠くない」

「一度も連れてきてくれなかったわね」リリーは言った。軽く眉を寄せて景色に視線を向ける。

「今年は遅くまで雪が降らなかった。それに君は胃の具合が悪くなったじゃないか」ヴィートは言った。「胃の不調だと僕らは思ったわけだったが」

「ああ」リリーはブロンドの髪を撫でつけた。彼女ははにかんで戸惑っていた。シャワーの中で愛し合ったあと、まだ巻き毛が爆発した状態だと今気づいたかのように。ヴィートはリリーをベッドに寝かせておいた。だから街を離れる前に、彼女はいつものように念入りな方法で髪を整える時間がなかった。

「君の滑らかな髪が好きだと言ったことを覚えているよ」ヴィートは思わず口に出していた。「ストレートにすると、君の髪はきれいな光沢を帯びる。ムラーノ・ガラスに張られた金箔《きんぱく》のようだ」

リリーはまじまじとヴィートを見つめていた。彼の打ち明け話を聞き、驚きに目が大きくなる。

「だったらなぜ、ストレートの髪が好きじゃないなんて言ったの？」リリーはきいた。

「そういう意味じゃない」こんな話題を持ちだすんじゃなかったとふいにヴィートは思った。「巻き毛のほうが好きだというだけだよ」

「そう、よかったわ」リリーはグラスをコーヒーテーブルに置いて立ちあがり、ヴィートのそばに来た。彼は頭を反らし、リリーを見つめていた。彼女はヴィートの椅子の肘掛けに腰をのせ、彼の短い黒髪にそっと指を通した。「それが自然の髪だから」

たちまちヴィートの体は反応した。いつもそうだった。リリーを見ているだけで、欲望のあまり興奮する。仕事中にリリーのことを考えるだけでも。彼女は魅力的だ。体形が変わっても、やや動きが鈍くなっても、彼はリリーに飽きることがなかった。

「ここに君を連れてきたのは休養のためだ」ヴィートはリリーの顔を覗《のぞ》きこみ、繊細な輪郭の頬を指先でなぞった。彼女の目は性的な誘いの色を帯びて輝き、熱い欲望が彼に伝わってくる。

「じゃ、寝室に案内してもらったほうがいいわね」リリーはヴィートを引っ張って立たせた。

それから二日間、リリーはこれまでの人生で最高に幸せだと心から思った。将来のことは心配するまいと努めて、現在のことだけに専念した。ヴィートと文字どおり二人きりでいられるのはこれが最後の機会だと知っていたからだ。

こんなにすばらしい、なんの邪魔も入らない時間をヴィートと過ごしたことはなく、リリーは大いに楽しんだ。気づいた限りでは、彼は携帯電話もノートパソコンも無視し、彼女との時間だけに心を向けているらしかった。まるで天国のようだった。

ヴィートは申し分なかった。リリーのどんな要求にも気を配ってくれ、面倒をよく見てくれた。毎日、二人はすばらしい場所を訪ね歩いた。夜になるとヴィートはリリーを抱き、絶妙な愛の手腕を発揮した。

「こんなところの近くで子供時代を送れたなんて、あなたは運がいいわ」息をのむほどの絶景を楽しんで歩きまわりながら、リリーはため息をついた。ヴィートはピクニックをしようと、野生の花が咲き乱れた美しい高山草原にリリーを連れてきたのだ。

「腰を下ろして休みなさい」みずみずしい緑の草地に敷物を広げながらヴィートは命じた。

「まだリフトまで歩いて戻らなきゃならないんだ」

「ここが少しつらくて」彼女は守るようにお腹に手を当てて体を前に倒し、背中のくぼみをさすった。

「僕にさせてくれ」ヴィートはリリーの横に腰を下ろし、背骨の付け根あたりの痛む部分を探り当て、辛抱強くさすり始めた。

「ああ、気持ちがいいわ」リリーは深々と息を吸い、背中に当たるヴィートの固くて温かな手のひらの感触を楽しんだ。「あそこまで歩く力があればいいのに」水晶のように澄んだ湖に視線を向ける。

「明日、連れていくよ。もっと歩かずにすむ別のルートを知っているんだ」

「私を甘やかしているわね」リリーは視線をヴィートに向けた。「でも、街へ戻らなくていいの？」

「仕事は待ってくれるよ」彼は肩をすくめた。「だが、もうじき夏は終わる。ここは冬でも美しいが、暖かくなければピクニックに向かないからな」

「ここが荒涼として風の吹きすさぶ、雪に覆われたところになるなんて想像できないわ。天気のいい日ばかりだったもの」

「今を思いきり楽しもうじゃないか」ヴィートは持ってきたバスケットを開け、ミネラルウォーターのボトルと冷えたフルーツジュース、家政婦が用意した、おいしそうなたくさんの食べ物を取りだした。

「あまり長く街から離れるべきじゃないと思うの。ジョヴァンニを訪ねる人がいないのはいやだわ」

「客ならいる」彼はそっけなく答えた。「君が来る前、祖父は完全な世捨て人ではなかったんだ」

「世捨て人だなんて言っていないわ」ヴィートの口調が急にぶっきらぼうになったので、リリーは動揺した。「とにかく、私がお祖父様《じい》の話し相手になったことをあなたは喜んでいると思っていたのに」

「僕は君がここでの滞在を喜んでいると思ったよ。だが、帰りたいなら、今日の午後に帰ろう」

「なぜあなたはいつも、すべてかゼロかなの?」リリーは考える間もなくいらだちを声に出していた。ヴィートが意志の強い、決断力のある男性だという事実は好きだ。でも、彼がすべてを黒か白かで判断しなければいいのにと思うこともたまにある。

「どういう意味かな」ヴィートは手早く皿に料理を取り分けてリリーに渡した。彼女はむっつりと受け取った。急に料理があまりおいしそうに見えなくなった。

「つまり、私はここで楽しく過ごしているの。信じられないくらい幸せよ」リリーはヴィートの不機嫌な顔を見守った。「だからって、ジョヴァンニのことを考えずにはいられない。でも、急いで帰るべきだと言っているわけじゃないわ」

「祖父には二十四時間態勢で世話をしてくれる人たちがいる」ヴィートはパンを勢いよくかじり、谷の向こうのごつごつした山々を見つめた。

ヴィートは祖父のことを考えていた。祖父の最後の日々をできるだけ幸せにしてやるのが自分の務めだと思った。なぜかふいにいらだちを感じたが、リリーが訪ねてきて元気づけてくれるのを祖父がどれほど心待ちにしているかよくわかっていた。

自らの楽しみのためにリリーを街から遠ざけておきたいという身勝手さをヴィートは罵った。今はほかに方法がない。ヴェネチアに帰るべきだろう。

「あなたのお祖父様を愛しているわ」リリーの意外な告白にヴィートは注意を引きつけられた。「お祖父様は私を受け入れてくれ、批判したりしない」

「祖父は君が何をしたか知らないんだ」ヴィートはかなり抑制がきいた声で言った。裏切りを思い出させるようなことをリリーが言わなければいいと思いながら。「僕のほうは君がしでかしたことを知っている。だが、その話題を絶えず持ちだしはしない。僕は真実を知っているからな」

「私たちの息子は曾祖父の顔を知らずに育つでしょうね」リリーは自分の考えに没頭し、彼の言葉が耳に入らなかったように言った。「でも、ジョヴァンニはこの子が家族の歴史を知りながら育ってくれることを願っているわ。自分がどこの出で、どこに属しているかという感覚をきちんと持ってね」

ヴィートはリリーを見つめた。彼女が相変わらず同じ調子で押し通すことが信じられない。こめかみのあたりが脈打ち始めたのを感じて拳《こぶし》を握り、募る怒りを抑えようとした。なぜリリーは、僕に裏切りを思い出させるようなことを言うんだ？

「私はどこかに属していると感じたことがなかったわ。父は私を望まなかったし、母はなんとか暮らしているだけだった。息子に私が何よりも願うのは、自分が心から望まれ、愛されていると感じることよ。自分の家族に属していると知ってほしいの」

ヴィートはとんでもないことを口走りそうで、歯噛《はが》みしてこらえた。自分が薄氷を踏んでいることに、なぜリリーは注意を払わず、気づきもしないいんだ？

「祖父は年老いている。若いころの祖父に会えば、気安くつきあえる相手じゃないと思ったはずだ。手ごわい男だったんだからな」

「もちろんそうだったでしょうね。今も変わらないわ」すかさずリリーは応じ、鋭い目でヴィートを見た。「それが一族の特徴なのは明らかよ」

「年をとったから、祖父は自分の時間の限界を知っている」ヴィートは続けた。「だから、やり残したことを詳しく話しているんだろう」

「そうね。そういうことについて私たちは話しているんだと思うわ」

「僕たちが話しているのは、祖父が曾孫を求めていることについてだよ」

「私たちはお祖父様に曾孫を与えるところよ」

「祖父はそう思いこんでいるだけだ」ヴィートは食いしばった歯の間から言った。「祖父の幸福のため、その子を自分の子供だと世間に対しては認めるつもりだが、僕は真実を忘れたわけではない」

「私だってそうよ」リリーは静かに言った。彼女はいらだたしげに、巻き毛を顔から払いのけた。

「こんな話はもうすんだと思ったが。その赤ん坊が僕の子だというふりをするのは世間体のためだ。僕が真実を知らないかのように、侮辱しないでくれ」

「あなたは真実を知らないのよ。なぜ私にチャンスを与えてくれないのかわからない。こんな話をもう持ちださないことには同意したわ。口論し続けていたら、うまくやっていけないから。でも、今は私たちの絆《きずな》が育っていると思っていた。なのに、私に話をさせようともしないわけが理解できないわ」

ヴィートは両の拳を握りしめ、ゆっくりと息を吸いこんだ。彼がどう言おうと、リリーは無実を主張し続ける。腹が立ち始めた。もう耐えられない。

「赤ん坊が僕の息子でないことはわかっている。僕には子供を作れないからだ」

11

リリーは唖然《あぜん》としてヴィートをじっと見つめた。彼の表情は抑制されていたが、青い目のまわりの張りつめたしわは緊張を物語っている。リリーはヴィートが子供の父親だと知っていた。だが、父親ではないと彼が思いこんでいた事実をふいに理解した。

「もちろん、あなたには子供が作れるわ」とうとうリリーは言った。「間違いないのよ。つまり、私は妊娠したし、あなたが子供の父親なの」

「やめてくれ！」ヴィートはどなって立ちあがり、短い髪を指で梳《す》いた。「もうそんなばかげた芝居はやめるんだ」

リリーは慎重に彼を見あげた。硬い表情の下にヴィートが隠し続けてきたものを探ろうとして。リリーはまだ敷物の上に座ったままで、ヴィートは彼女にのしかかるように立っていた。山岳地帯の青空を背景に、白いシャツと黒い髪が浮かびあがっている。

そよ風が吹いて前髪が落ちると、彼はいらだたしげに顔から払いのけた。そのしぐさから、どれほど傷ついているかがわかる。

リリーは立ちあがった。思わず手を伸ばし、ヴィートの腕に触れる。肌は温かくて滑らかだが、筋肉は鋼鉄さながらに固くてびくともしなかった。

「やめるわけにはいかないわ。だって真実だもの」

たちまちヴィートの表情が変化した。強い自制心で感情を抑えているが、今にも爆発しそうだとリリーは見て取った。募らせている怒りをなだめるようなことを言わなければならない。

「どうしてそんなことを思うの？」リリーは穏やかにきいた。「検査をしたの？」

ヴィートは震える息を吸い、澄んだ湖のほうへ視線を向けた。見事な景色など本当は目に入っていないことがリリーにはわかった。深く物思いにふけって記憶をたどっているのだ。

「家族を持とうとしたとき、カプリシアと僕は成功しなかった」だしぬけにヴィートが打ち明けたのでリリーは驚いた。「やがて僕たちは受胎検査を受けることにした」彼は間を置いたが、また話し始めた声は緊張でひび割れていた。「子供ができない原因は僕のほうにあったんだ」

「きっと何かの間違いがあったのよ」

「間違いなどなかった」彼はそっけなく言った。「座って食べたまえ。そうしたら片づけて帰ろう」

ヴィートはジーンズの尻ポケットから携帯電話を取りだし、短縮ダイヤルのボタンを押した。秘書にかけたのだろう。もうリリーを見ずに背を向けると、話しながら何歩か遠ざかり、巧みに距離を置く。

リリーは敷物に腰を下ろし、気遣わしげに彼を見ていた。突然、これまでの出来事に筋が通り始めた。

ヴィートは自分に生殖能力がないと信じていたのだ。だからリリーが妊娠したとき、彼女の不実を疑った。彼にとって理屈にかなったことだった。妊娠の原因はほかにない、と。

ヴィートが激怒した理由はこれで説明がつくが、行動の言い訳にはならない。

あの復活祭《イースター》の週末にヴィートが真実を話せば、リリーは道理を説き、間違いがあったのだと説得しただろう。彼は受胎検査の結果を再確認できたはずだ。何かの混同があったに違いない。なんらかの変化があったのかもしれない。彼女は不妊に関する専門家ではないが、自分が妊娠していることはわかっている。父親はヴィートしかいないことも。

リリーは電話で話しているヴィートを見つめた。ドロミテ山脈の絶景を背にして立った彼は堂々としている。だが、緑に覆われた谷の上にそびえる、ごつごつした峰のように冷たくて妥協を許さない姿だ。

子供が作れないと思いこんでヴィートが苦しんだことはリリーも理解した。誇り高いイタリアの一族の最後の末裔《まつえい》だからなおさらだろう。でも、彼はリリーを傷つけた。無実の彼女を通りにほうりだし、その次は、長く続ける気もない結婚を無理強いした。ヴィートは真実を打ち明けるべきだったが、そうせずにリリーを欺いた。最初は、避妊すべきだとリリーに思いこませた。実際は、そんな必要がないと思っていたくせに。それから、疑われるようなことをしてもいない彼女をひどく非難した。最後に、これが最悪だが、リリーのつらい子供時代について得た知識を恥知らずにも利用して彼女を操ったのだ。

突然、どこからともなくこみあげた怒りの激しさにリリーは驚いた。ヴィートは人生をともにした女性よりも、診断書を信じた。リリーに一度もチャンスを与えようとしなかった。

彼女はきついまなざしで彼を見つめた。私は非道な仕打ちをされても許した。でも、もうごめんだわ。

ようやくヴィートは秘書との会話を終え、携帯電話をポケットにしまって敷物に腰を下ろした。

「食べていないじゃないか」とうとうまたリリーを見て、ヴィートは言った。

視線が合ったとき、二人の間にはぴりぴりした空気が漂い、彼は驚いたように目を見開いた。

私の中にわきあがる怒りに気づいたんだわ、とリリーは思った。「家に戻ったら、もう一度、受胎検査を受けて」語調の強さにリリー自身も仰天したが、ヴィートを見つめ続けた。本気なのだとわからせようとして。

「なぜ、僕がまた屈辱を味わう必要があるんだ?」彼は噛《か》みつくように言い、顔をしかめて話し続けた。「状況を考えれば、ことを荒立てないほうがよくないかな? それとも、自分の裏切りの動かぬ証拠が欲しいと思うほど、君はマゾヒストなのか?」

「私は無実の証拠が欲しいの!」彼女はぴしゃりと言った。「あなたがそんな検査をもう受けたくないなら、子供が生まれたあとでDNA検査をするわ」

「気がおかしくなったんじゃないか? 受胎検査を断る僕が、DNA検査など受けるはずないだろう?」

「ジョヴァンニのところへ行くわ。彼のDNAがあれば、家族だと証明されるもの」

ヴィートはイタリア語で激しく罵《ののし》り、さっと立ちあがるとリリーの腕をつかんで引っ張りあげた。

「やりすぎだ!」かろうじて抑えた怒りでヴィートの声は震えていた。ふいにリリーは彼の激しい憤りを感じて身震いした。ジョヴァンニを傷つけることなどするつもりもなかったが、ヴィートが道理に耳を傾けようとしないので、いらだったのだ。

ヴィートはリリーのウエストに腕を巻きつけ、もう片方の手で二の腕をつかむと、リフトのほうへ引っ張っていった。触れているあらゆる部分から伝わるヴィートの途方もないエネルギーのせいで、体が燃えるのをリリーは感じた。激しさを増していく嵐《あらし》につかまり、これから最大の力に達するのを目前にして、震えながら動けなくなったかのようだ。

たちまち二人は本道に着いた。若い男性のハイカー二人が現れたので、ヴィートは握った手の力をやや緩めた。彼は若者たちに英語で挨拶《あいさつ》し、相手の国がわかるや、流暢《りゅうちょう》なドイツ語にさっと切り替えた。

リリーはヴィートの話がほとんどわからなかったが、ユーロ紙幣を押しつけて草地に置いてきたピクニック用バスケットのほうを指差したのを見て状況を理解した。彼は命令を下して従われることに慣れているため、若者に金を払って自分たちのあと片づけをしてもらうことをなんとも思っていないのだ。

ヴィートのようになったらどんなふうだろう？　とても強力で自信満々で、見知らぬ人でも自分の命令に従うことを期待する彼のようになったら……。それについてじっくり考えている余裕はリリーにはなかった。そのとき、リフトのほうへ歩くようにせきたてられたからだ。

ほぼ無言のまま二人はヴェネチアに戻り、それからリリーはつらい数日間を過ごした。ヴィートはリリーとの会話をあからさまに拒絶して距離を置き続けた。朝早く仕事に出かけ、帰宅は夜遅く、話すのはどうしても必要なときだけだった。

彼女は悪夢にとらわれたように感じ、逃げ道が見つからなかった。初めは、ヴェネチアを去るべきだと思った。だが、そう簡単ではなかった。ヴィートのもとを去ると考えるだけで苦しみにさいなまれるだけでなく、ほかにも考慮すべきことがあったのだ。

かなりお腹《なか》が大きくなっていて旅をするのは容易でなかったし、間もなく生まれる赤ん坊を抱えてロンドンへ着くことを思うと、正直言って怖かった。少なくともここでは医師に診てもらっている。

もう一つリリーが悩んでいたのは、ジョヴァンニがどれほど落胆するだろうかということだった。赤ん坊は彼の本当の曾孫《ひまご》だ。でも、自分がいなくなれば、ヴィートが祖父にどう話すかわかったものではない。ヴィートに利用されていたことでひどく裏切られた気持ちだったが、彼の祖父を幸せにしたいという願いは同じだった。だから赤ん坊が生まれるまで、何か行動を起こすのは待たねばならなかった。

時間は果てしなくだらだらと過ぎていく。永遠に妊娠したままかもしれないと思うときさえあった。出産までまだ一カ月以上あり、どうやって乗り切ればいいか、正直なところリリーにはわからなかった。

最初は、ヴィートの話を聞いてリリーは納得がいったように感じた。彼女の不実をヴィートが推測した理由がやっとわかったからだ。そのうちに自分を信じてくれない彼に怒りを覚えた。今は別の感情が生まれている。望まれていないという思いだった。

もし、自分に生殖能力がないと思わなかったら、ヴィートはリリーと結婚しなかっただろう。

つきあい始めのころから、ヴィートが真剣な交際に関心を持たないことをリリーは理解していた。当時はそんなことが気にならなかった。ヴィートといるだけで満たされたし、〝深いつきあいをしない〟という彼のルールはリリーへの感情を反映したものではなく、単なる信条だと思ったからだ。

今では違うとわかっている。そのルールはリリー自身と関係があったのだ。リリーはヴィートの恋人には充分だったが、妻にはふさわしくなかった。年老いた祖父のために、ほかから得られそうにないものをリリーが与えてくれる可能性があると考えて初めて、ヴィートは彼女を妻にしようとした。

そのときですら、祖父の健康が蝕《むしば》まれつつあるという時間の制約があったから、ヴィートは結婚を決意したのだ。妊娠を告げたとき、ヴィートが迷わず彼の人生から自分を無慈悲にほうりだしたことをリリーは忘れられなかった。

だが彼女は結婚してから、ヴィートを愛していることに気づいた。裏切っていなかった事実をどうにか納得させられれば、彼が心を開くのではないかという希望にリリーはしがみついた。自分たちの間には何かがあるのではと信じずにいられなかった。

けれども、ヴィートが自分に生殖能力がないと思いこんでいることを知った今、あらゆる希望は消えた。彼がリリーと結婚を決意したのは、状況を考えたことだけが理由だった。

自分に子供が作れるとわかれば、ヴィートがこれ以上リリーを縛る目的はなくなるだろう。どんな女性でも望めるわけだから。

「疲れているようだな」ジョヴァンニは眼鏡を外し、大きなベッドの横に新聞と一緒に置いた。

「ええ、少し」リリーは彼が彼女のためにベッド脇《わき》に置いた座り心地のいい椅子に体を預けた。「なぜかはわかりません。このごろは何もしていないのだもの」

「どういう意味だね？　君は私の曾孫を体内で育てているではないか。それはたいしたことだぞ！」

リリーはほほ笑んだ。ジョヴァンニを訪ねるといつも元気づけられた。

「もうすぐこの子に会えますわ」本当ならいいと彼女は願った。最近のジョヴァンニの体調が安定していることを医師たちは喜んでいたものの、彼が弱々しい老人だという事実は変わらなかったからだ。

「この子が成長する姿は見られまい。だが、自分の目でこの子を見るまで、私はどこへも行かないぞ」

ふいにリリーは涙がこみあげるのを感じた。情けなくなって目をしばたたいたが、ジョヴァンニは気づかなかった。笑みを浮かべて前を凝視している。

「あなたが人生やヴェネチアについて語ってくれたことすべてを、この子に伝えると約束します」

「君のおかげで私はとても幸せな年寄りになれた。曾孫を見られるまで長生きできるのは、実に幸運な者だけだ。話したかどうかわからないが、君が母親になることを私はとても喜んでいるんだよ」

「ありがとうございます。いつも親切にしていただいて」感情が高ぶって自分の声が震えるのがリリーにはわかった。

「君は待つだけのかいがある人だった」ジョヴァンニは明るい微笑を浮かべて言った。

「カプリシアのことがあったから、孫は女性の趣味がよくないのではないかと心配していたのだよ」

「そうですか?」物議を醸しそうな話題だと知っていたが、リリーは好奇心をそそられた。

「でも、ヴィートと彼女が家族を作り始めたら、もっと曾孫たちと長くいられたんじゃありませんか?」

「カプリシアの子供たちと?」ジョヴァンニは不快そうに言った。「ヴィートが彼女と結婚した理由がまったく理解できん。彼女はヴェネチアの人間かもしれんが、あいつにとっていい妻ではなかった。それに長いこと母親でいようとしたとは思われない」

「どういう意味ですか?」

「カプリシアは自分の人生を送るのに忙しすぎたんだ。勝手な生活を楽しみ、つまらないものにヴィートの金を浪費して。相変わらずの暮らしをしているだろう。今はリオデジャネイロでブラジル人の愛人の金を浪費している。私の情報源が正しければな」

「情報源？」リリーは微笑し、陽気な態度を装った。心は明るい気分にほど遠かったが。

「どう思っているのかね？」ジョヴァンニは腹を立てたような口ぶりだった。「年老いて病床にいるからといって、私が何も知らないとでも？」

「もちろん、そんなことありませんわ」彼女は笑い声をあげたが、自分とヴィートに関してジョヴァンニが何を知っているのかと考えずにいられなかった。

「だが、カプリシアについては考えなくていい。ヴィートは君を愛するようにはカプリシアを愛したことがない。君たちを見た者は誰でも、二人が互いを魂の伴侶《はんりょ》だと思っていることがわかる。私と、いとしい妻のアンナマリアがそうだったようにな」

リリーは無理にほほ笑み、膝の上で握りしめた手をつらい思いで見つめた。ヴィートが自分を愛したことがなかったとわかったところなのだ。

「忘れるところだった。君を驚かせるものがある」

「驚かせるもの？」彼女は話題がそれて喜んだ。落ちこんだ様子を見せてジョヴァンニを悲しませたくない。でも一族の家宝をこれ以上もらって、ヴィートと気まずくなりたくなかった。初めて会った日にもらったアンティークのネックレスは気に入ったが、ヴィートに取りあげられてから一度も見ていない。

「ああ。アンナマリアのことを話していて思い出したんだ……」ジョヴァンニは微笑した。夢見るような表情から、彼が今も妻を愛しているのだとリリーはわかった。「妻が妊娠したときに好きだったものを思い出して、君も気に入るのではと考えた」

ジョヴァンニの心をとてもとらえたらしい女性の名がまた出たことに興味をそそられ、リリーは期待を込めてにっこりした。

「君が気に入るかどうか、私は一緒に行って見ることができない」彼はボタンを押して使用人を呼んだ。「だが、明日訪ねてきたときに教えてくれ」

そのとき家政婦が現れ、ジョヴァンニはびっくりプレゼントをリリーに見せろと命じた。ジョヴァンニがうたた寝を始めると、家政婦はリリーがこれまで行ったことがない屋敷《パラッツォ》の一角に案内してくれた。

階段を二度下り、大きなテラコッタ製の鉢に植えられた柑橘類《かんきつるい》の木々が並んだ見事な中庭を通過して、両開きのドアを通ると、リリーは目をみはった。ここ何日も求めてやまなかったものがあったのだ。

涼しげな青いプール。

「まあ！」リリーはため息をつき、疲れた体をふいに水でいたわりたくなった。

家政婦の説明によると、ジョヴァンニはプールを修繕したらしい。彼女は更衣室やシャワー室を案内し、妊婦用の水着をいくつかリリーに渡してくれた。

間もなくリリーはひんやりした水に仰向けに浮かんでいた。寝返りを打ち、ゆっくり泳ぎ始める。波打つ水の下に見える凝ったモザイクに感嘆しながら。

こんな贈り物をくれたジョヴァンニが大好きだった。あらゆる点で最高の贈り物だ。急にたまらなく涙がこみあげてきた。

ヴィートの祖父はこれまで誰も示さなかったような惜しみない親切をリリーに寄せた。敬意を持って接し、心から知り合いたい人間として扱ってくれる。父親は一度もそんなことをしてくれなかった。リリーのことを知りたいとさえ思わなかったのだ。そして今、夫であるヴィートもリリーを知りたいと思わないようだった。

ヴィートは狭いヴェネチアの通りをいらだたしげに大股で歩いていた。夕方だった。会社から早く帰ったのに、リリーが家にいなかったのだ。山岳地方から戻って以来、彼女はますます〈カ・サルヴァトーレ〉で過ごすようになった。というより、最近はほとんど家にいないことが彼は気になり始めていた。

祖父がリリーのためにプールを用意したことは知っていたし、とても思いやりのある行為だとは認める。リリーはプールが大好きらしい。そのことをヴィートはこれまで知らなかった。それにしても、一日じゅうプールで過ごすはずもないだろう？

ふいに草地での会話の記憶が、心の中に大きくよみがえってきて落ち着かなくなった。ヴィートはひそかに罵り、生殖能力がないと打ち明けたことを悔やんだ。あのときまで二人の間は順調に進んでいた。自分たちの関係のバランスを崩すようなことをあそこで言わなければよかった、と彼は思った。

あんなことを打ち明けた理由はわからないが、ヴィートはそれをリリーのせいにしていた。二人きりの時間を過ごしすぎたため、彼の防御壁が少し崩されたのだ。警戒心を緩めてしまった。二度とあんな間違いはしないつもりだ。今度は失敗が許されない。

ヴィートに子供が作れないことを伝えた医師の報告書を彼の鼻先で振りまわしていた、軽蔑《けいべつ》に満ちたカプリシアの顔をあまりにもよく覚えている。同じ屈辱をまた味わう羽目になるようなばかなことをした自分が信じられない。

カプリシアと結婚したとき、ヴィートは若くて世間知らずだった。彼女がサルヴァトーレ一族の次の世代を産んでくれる、ヴェネチアの申し分ない妻となるだろうと願っていた。結局はそうならなかった。だが、この経験から学んだものがあると彼は思った。少なくとも、プライドを守るすべくらいは。

ヴィートに子供が作れないせいで、結婚生活にはひびが入った。彼の欠陥への失望をやわらげようと、カプリシアは社交と旅行に明け暮れる自堕落な生活に身を任せた。二人の心は離れていったが、ヴィートは結婚生活を続ける努力をしなかった。とうとうカプリシアが去ると、彼は喜んだ。これで自分の恥ずべき事実を思い出させられることもないと。だが、どれほど頑張っても、起こったことは忘れられなかった。ヴィートは成功に慣れていた。男としての欠陥は無慈悲にも心に焼きついたままだった。

弱まろうとしない屈辱感と折り合いをつけることほど、ヴィートにとってつらい経験はなかった。だから防御を危険にさらしかねない真剣なつきあいは二度とするまいと誓った。父親になれないなら、結婚などする意味はない。

死期が近い祖父の願いがあったから、ヴィートは決意を見直したのだ。そしてリリーと結婚した。

リリーはカプリシアと違った。ヴィートに生殖能力がないことを知っても、軽蔑に満ちた反応など示さなかった。だが、事実を知ったショックでリリーは本性を現したのだ。今の彼女の行動から、自分を本当はどう思っているか、ヴィートにはわかった。

リリーの根拠を叩《たた》きのめしたはずだった。裏切らなかったという話に彼女はもうしがみつけない。最初、リリーは唖然としたようだが、たちまち怒りを覚えたらしい。彼に笑いものにされたからだろう。

しかし、リリーがどんな気持ちを抱こうと、それを心に秘めることが自分たちの取り決めの一部だった。〈カ・サルヴァトーレ〉に入り浸りになることで、リリーが伝えようとしている意図がヴィートは気に入らなかったのだ。

ヴィートは深く物思いに沈んだまま、〈カ・サルヴァトーレ〉の古びた中庭へ歩いていった。リリーはプールの入口に通じる回廊の下に置かれた寝椅子で眠っていた。彼は立ち止まって彼女を見つめた。美しかった。ひどく魅惑的だが、痛々しいほどもろそうだ。リリーが少し横に向きを変えると、シルクさながらの髪が天使の翼のごとく背中に広がった。両腕は守るかのようにお腹の上に重ねられている。

リリーを見ているうちに、家から歩いてくる間に感じたいやな思いはすべて消えた。こんなに美しい姿を見せられて腹を立てていられるはずもない。

ヴィートはリリーが恋しかった。一緒に過ごした時間を懐かしく思っていた。

ヴィートは寝椅子の横の椅子に腰を下ろした。ふいに、彼女が自然に目覚めるまで待ってもいいという気持ちになったのだ。リリーはうたた寝していただけに違いない。たちまち目を覚ましたからだ。

「やあ《チャオ》」ヴィートは彼女の顔の前に落ちたブロンドの巻き毛を耳にかけた。「ここにいると思ったよ」

「どれくらいそこにいたの?」リリーは尋ね、ぼうっとしたまま起きあがった。

「それほど長くはない。実はさっき来たばかりだ」彼はあたりを見まわした。「この中庭に来たのは数年ぶりだな。よくここでサッカーをしたものだ」

「本当?」彼女はテラコッタ製の鉢に植えられた柑橘類の木々や庭の中央にある噴水のま

わりに置かれたベンチを見た。「障害物がたくさんあるけれど」

「ドリブルの技術を磨くには最高だった」ヴィートは思い出して微笑した。「大理石のベンチほどタックルが巧みなものはなかったな。向こうずねをまともに攻撃してくるんだ」

リリーはまばたきして目をこすった。まだ半分寝ぼけていた。

なぜ急にヴィートはこれほど優しくなったの？　微笑のせいで表情がすっかり変わっていた。山岳地方から戻って以来数週間も眉間《みけん》にあったしわがない。

「窓も多いわね」リリーは彼の微笑に感じた思いを無視しようとした。魅力的な態度をとろうとヴィートが決めるたび、彼に夢中になるわけにはいかない。

「ああ。よく割ったものだよ。初めは家政婦がかばってくれたが、祖父にばれると叱《しか》られたな」

彼女はヴィートを見つめ、少年のころの彼を想像しようとした。窓を割ったことを家政婦がかばったというから、当時もかなり魅力的だったに違いない。ヴィートの写真があるかしら。私たちの息子がどんな顔になるか、いくらかわかって興味深いかも。

リリーは不愉快な悪寒を感じた。ヴィートが写真を見せるはずはないだろう。自分が父親だという可能性をまだ否定しているのだから。急に疲れて脱力し、彼女は寝椅子にもたれかかった。

「大丈夫か？」ヴィートの声には心から心配そうな響きがあった。

「ええ。疲れただけ」リリーはヴィートの顔を見まいとして水のコップを取りあげた。彼の表情にも心配そうな色が浮かんでいることはわかった。その表情と、心臓が止まりそうなほどの魅力をたたえた顔を見たら、彼女の防御壁は崩れてしまうだろう。

「悲しそうだな」ヴィートはリリーの腕に触れた。慰めを与えるしぐさに彼女は体が熱くなり、考えていることと逆の影響をこうむった。「なぜ、幸せじゃないんだい？」

「あなたが私と結婚したのは、お腹の赤ちゃんのためだけだからよ」内面の葛藤《かっとう》の結果、反射的に出た正直な言葉だった。

「そんなことはわかっていただろう。初めからそう言っていたはずだ」ヴィートは急に彼女の腕から手を離した。「なぜ、今になってそれが問題になるんだ？　別の理由があると思うのか？」

「私は思ったわ。いえ願ったの。私たちの間に何かがあればいいと。いまだにあなたがわが子だと考えようとしない、お腹にいる赤ちゃんのほかにも。もう、私が間違っていたとわかったわ。あなたにとって、私は都合のいい赤ん坊製造機にすぎないのよ」

リリーはサンダルに足を突っこみ、すばやく立ちあがった。

ふいに体の中で奇妙な感覚があり、両脚の間に温かい液体が流れるのを感じた。一瞬戸惑いながら、リリーは地面の水たまりを見つめた。赤ん坊が生まれるのはあと一カ月も先のはずだ。そのとき力強くて安心させるようなヴィートの声が聞こえた。

「破水したんだ」ヴィートはリリーを抱きあげ、運河に面したパラッツォの出入口へとすばやく向かった。「すぐ病院へ行こう」

12

　リリーは腕の中で眠っている赤ん坊をうっとりと見つめていた。言葉に表せないほどかわいい男の子。なんて小さくて完璧《かんぺき》なのだろうと胸が痛くなり、息子から目が離せなかった。この子が生まれたのは突然だった。病院へ着くまでにリリーの陣痛は始まっていた。だが、すべて順調に運び、夜の九時半には体重が三キロ弱の健康な男の子が誕生した。

　陣痛と出産の間、ヴィートは見事だった。実に頼れる存在で、励ましを与えてくれた。いつリリーを抱きしめたらいいか、背中をさすったらいいか、彼は正確に知っていた。元気づける言葉をいつ耳元にささやいたらいいかも。彼は片時もリリーのそばを離れなかった。今、祖父に電話をかけてくれればと彼女に促され、ようやく出ていったところだ。

　ひとり用の病室のドアが開き、リリーはヴィートが戻ってきたのかと目を上げた。だが、医師だった。

「赤ちゃんはもうお乳を少し飲んだようですね。結構です。大きさの割には丈夫なお子さんですよ。ただ、お子さんの血液を少し採取させていただかなければなりません」

「なんのために？」リリーは尋ねた。どの赤ん坊にも行う普通の検査なのかと思いながら。

「この子が眠っている今、血を取るのはなぜですか？」

「お子さんにご主人の珍しい血液型が遺伝しているかどうか、なるべく早くわかるほうがいいのですよ。妊娠三十六週目の出産でも問題ありませんが、状況を考えるとお子さんの血液型を知るのが賢明です」

「意味がわかりませんわ」リリーは小さな赤ん坊を守るように抱いた。そのとき戻ってきたヴィートを見つめ、彼女はパニックに駆られ始めた。

「あなたの血液型に関する事情をご説明していたところです」彼女の横へ来たヴィートに医師は言った。

「説明なんてなかったわ」リリーは二人の男性に不安げな視線を走らせた。「何かあった場合のために血液型を調べる必要があると言っただけよ！」

「単に予防措置のためです」医師はリリーの隣に椅子を引き寄せ、かたわらのテーブルの上の小さなトレイに血液サンプルを取るのに必要な器具を置いた。

「どうしてこのことを話してくれなかったの？」リリーは責めるようにヴィートを見あげた。

　ヴィートは表情の読めない顔でまっすぐ立っていたが、リリーは問いへの答えがわかった。彼が話さなかったのは、血液型が問題でないと思ったからだ。赤ん坊が自分の子供でないと信じているのだから。

「ご主人は奥様を心配させたくなかっただけでしょう」医師は言った。「珍しい血液型が子供に遺伝する例はまれですから」

「遺伝していたら？」恐怖心が彼女にこみあげた。

「お気づきのとおり、ご主人は牡牛《おうし》並みに丈夫な方だ。輸血が必要な場合に問題となるだけでしょう」

「そうなれば、どうなるの？」リリーは追及した。

「適合する供血者を探すのが難しいでしょう。だから用意しておきたいのです。そうすれば供血者がいない場合でもあわてずにすみますからね」医師はそっと手を伸ばし、赤ん坊から毛布を取ろうとした。「お子さんをしっかりと抱いていてくだされば、できるだけ苦痛を与えずに終わらせられます」

「でも、この子に与える適切な血液が見つからない場合は？」リリーは不安が募るのを感じた。何もかもひどく複雑で気がかりなことに聞こえた。

「輸血のために血液が必要になる場合など考えなくても大丈夫ですよ」医師はきっぱりと言った。「しかし必要が生じたら、当然、供血者を探します。より広い範囲を探さねばならないというだけです」

リリーは深く息を吸い、赤ん坊を膝の上に置いた。医師が血液を採取できるよう、毛布をはがす。

柔らかな肌に針が刺さると、赤ん坊は怯《おび》えた表情で目を開けた。一瞬後、口を開けて泣き始めた。

リリーは下唇が震えだすのを感じ、息子をさらにきつく抱きしめた。赤ん坊が動揺する様子を見るのは耐えがたかった。

「この血液サンプルを研究室に送っておきます」医師は言い、部屋から出ていった。

「リリー……僕は……」ヴィートはそばに立っていたが、リリーは目を上げなかった。これまでで初めて、彼の声にはおぼつかない響きがあった。だが、今のリリーは赤ん坊にすべての注意を向けていた。

「ひとりにしてちょうだい」

リリーはナイトドレスのボタンを外し、赤ん坊に胸を差しだそうとした。だが、位置が正しくなかったため、胸の先端を必死に捜しまわる間静かだった赤ん坊は、失敗するとふたたび泣き始めた。

ヴィートは無言で母子の前にひざまずいた。赤ん坊の頭を優しく支え、リリーの胸の前に導く。弱々しい泣き声をあげようと赤ん坊がなんとか口を開けたとき、ヴィートは彼の頭を軽く押した。赤ん坊は胸の先をうまくくわえることができた。

リリーは満足そうに乳を吸っている赤ん坊を見おろし、安定した姿勢になるよう気をつけた。ヴィートはあとずさったが、目は子供にまだ釘《くぎ》づけだった。

「ひとりにしてと頼んだはずよ」リリーは静かに言い、目を上げてヴィートと視線を合わせた。ヴィートのまなざしは困惑していたが、あまりに腹を立てていた彼女は彼のことを考慮しようとしなかった。

「だが――」

「いてほしくないの。あなたはプライドのせいで利己的になっているわ。こんなに傲慢《ごうまん》で頑固だなんて信じられない。私を信じないからって、赤ちゃんの健康に影響を与えかねない事柄を無視するなんて」

ヴィートは書斎の中を行きつ戻りつしていた。何度もファックスに視線を向け、作動するのを待つ。

彼はみじめな一夜を過ごした。人生で最悪の夜。三月にリリーをヴェネチアから追いだしたときよりもつらかった。あの晩は動揺していたが、彼女が裏切ったという考えに怒りを集中させていた。自分の決断や行動を顧みる必要はなかった。

今はすべてが違う。心の中の悪魔が彼とともに吠《ほ》え、堅固なはずの防御壁を容赦なく攻撃している。

もし、僕が間違っていたらどうする？

何もかも間違いだったとしたら?

その考えにヴィートは苦しめられ、逃れられなかった。彼はそれを否定しようとした。リリーの主張をいつもうまく退けてきたように。だが、今は彼女の言おうとしたことがやっとわかった気がする。

もし、僕が本当に赤ん坊の父親だったら?

ヴィートのまれな血液型に関する医師の説明が理解できなかったとき、リリーが浮かべていた恐怖の表情が頭から離れなかった。病室からヴィートを追いだした彼女が見せた冷たい嫌悪の表情は、ぎざぎざのナイフの刃のように彼を刺した。

突然、ファックスの機械が動きだした。彼はぴたりと足を止め、丸まって出てくる白い紙を眺めた。

彼の生殖能力検査の結果の写しだった。

何年も前、ヴィートは検査結果に一度も目を通さなかった。カプリシアの顔に浮かんだ軽蔑《けいべつ》の表情のせいで見るのをやめた。彼のプライドはそれに耐えられなかった。ヴィートは健康診断を受けようとも、セカンドオピニオンを求めようとも考えなかった。男性としての自尊心がずたずたになったのだ。

ヴィートはファックスに手を伸ばしてためらった。こめかみで血が脈打っている。読むはずのものが怖かった。

自分が正しかったとわかって、また屈辱感を味わうのか？　それとも、リリーが真実を語っていたと知るのだろうか？　罪もないリリーにひどい仕打ちをしていたのか？　かわいい赤ん坊は僕の息子か？

ヴィートは書類を取って目を通した。

心臓が激しく打ち、急に手のひらが汗ばんだ。

〈結果——現時点では生殖能力に関してまったく問題はありません〉

リリーは病院のベッドで横向きに寝て、ベビーベッドで眠る生まれたばかりの赤ん坊を眺めていた。赤ちゃんを寝かせて、自分も眠るようにと看護師たちはリリーに言い聞かせた。さもないと疲れて母乳が出ませんよ、と。だが、彼女はひと晩じゅう目を覚ましていた。眠りは訪れようとしなかったのだ。

リリーに命じられて去ったまま、ヴィートは戻らなかった。自分が何を期待していたのか、彼女にもわからない。あのときはまともにものを考えられなかった。でも、信じられていないとまたわかったが、彼がいてくれたらいいのにとリリーは思った。

出産の間、ヴィートがどれほどすばらしかったかを考えずにいられない。あれ以上のものは望めなかっただろう。何か意味があったはずだ。愛はなくても、少しは彼もリリーを大事に思ったに違いない。

それなのに、リリーは彼を追い払ってしまった。

リリーは目をきつく閉じ、眠りが訪れてみじめさがやわらぐことを願った。そのとき、ひそやかな物音が聞こえた。彼女はそれがヴィートだと悟った。

リリーは寝返りを打って起きあがろうとしたが、出産という試練のあとで体はこわばって痛んだ。たちまち彼が来て、楽な姿勢に優しく起こしてくれた。

「ありがとう」リリーはベッドの横に立つヴィートを見あげ、様子に気づいて驚きに目を大きくした。昨夜のあとでシャワーを浴びて髭《ひげ》を剃《そ》ったはずなのに、ひどく苦しそうな青白い顔をしている。

「すまない」ヴィートの声は低くかすれていた。その言葉を発することがつらいかのように。疲れているのかもしれない。いずれにせよ、ベッドにいるリリーを見つめた彼の表情には後悔の色があった。

「何に対して？」リリーはそれだけ尋ねた。

「何もかもだ。君への仕打ちに対して。君を信じなかったことに対して。長続きさせる気もなかったのに、君を僕と結婚させたことに対してだよ」

「今は私を信じているの？」

「ああ。カプリシアの担当医をベッドから引っ張りだし、すぐさまオフィスへ行かせた。僕の受胎検査の結果の写しをファックスで送らせるために」

「わからないわ」リリーは押し寄せる悲しみを無視しようとした。自分の言動のせいで彼が納得したのではなかったと知って悲しかった。前妻の担当医が必要だったのだ。「そんなことをしてどんな違いがあるの？　結果なら何年も前に見たでしょう」

「自分では一度も読んでいなかったんだ」

リリーは信じられない思いでヴィートをまじまじと見た。あまりの驚きで反応も隠せなかった。つかの間彼はばつが悪そうな、たじろいだ様子を見せた。

「一度も読んでいなかったの？」リリーはあえいだ。「結果をきちんと調べたはずでしょう？　再検査を受けるとか、セカンドオピニオンを求めるとか」

「いや」彼はしばらく顔をそむけていたが、深く息を吸うと彼女の目を見て話し続けた。「僕は打ちのめされたんだ。父親になるとか、サルヴァトーレ家の血筋を絶やさないとかいった夢がすべて消えた。僕の存在そのものが非難されたように思えたんだ」

「なぜ、カプリシアはそんなことをしたの？　どうしてあなたに嘘《うそ》をついたのかしら？」

「わからない。どうしようかと僕はひと晩じゅう苦しんだ。カプリシアが子供を望んでいないことだけが救いだった。彼女がピルをやめたがらなかったことは知っていた。だが、家族を作ろうと彼女を説得できたと思った。たぶんピルをのみ続けたんだろう」

「そうだと思うわ」ジョヴァンニが描写していたヴィートの最初の妻のことを、リリーは思い出した。ジョヴァンニのほうがヴィートよりもカプリシアをよく判断していたことが皮肉だ。「愛した女性にそんなふうにだまされたと知って、つらいでしょうね」

「〝つらい〟という言葉が正しいかどうかわからない。僕はカプリシアに激怒している。彼女のしたことのせいで、君をひどく傷つけてしまった」

「あなたは診断結果を読むべきだったのよ」リリーはつぶやいた。厳しい指摘なのはわかっていたが、カプリシアへの愛をヴィートが否定しなかったことに気づかずにいられなかった。彼を欺き、だました女性を。なぜかそのことにリリーは深く傷ついた。

「すまない。ひどい仕打ちを君にしてしまった」

リリーは悲しい思いで彼を見つめ、喉にこみあげた塊をのみ下した。謝罪を受け入れるべきだろう。ヴィートは悪質な策略の犠牲者なのだ。前妻が嘘をつかなければ、彼はリリーにあれほどひどい仕打ちをしなかったはずだ。

でも、リリーは何も悪くなかった。たった一つ犯した間違いはヴィートを愛したことだ。

「どう言われても私のつらい気持ちは変わらない。あなたは私を信じてくれなかった。あなたはカプリシアの担当医から、もっと早くに証拠を見せてもらうべきだったのよ」

「昨日、何かが変わったんだ。医師が血液サンプルを取ったとき、君が怯えていたのがわかった」ヴィートは震える息を深く吸い、黒髪を手荒に指で梳《す》いた。「僕は混乱した思いにひと晩じゅう苦しんだ。君が真実を話しているという可能性をひとたび認めると、そうあってほしいと切望した。しかし、カプリシアが去ってから長い間、僕は自分の感情を否定していた。だから、そうしたやり方から抜けだすのはほとんど無理だった。深い感情を冷たい岩の堆積《たいせき》で安全に覆うと、なかなかそこから逃れられない」

心からの感情を打ち明けられて彼女は同情したが、カプリシアが去ったあとで彼がどれほど感情を抑えていたかという話を聞くのは、相当な責め苦だった。

「彼女をとても愛していたに違いないわね」

「カプリシアを?」彼は驚いた様子でリリーを見た。

リリーは蒼白《そうはく》な顔をしてはしばみ色の目を見開いている。疲労によるくまがあるせいで、目の大きさがいっそう強調されている。病院の白いベッドに座った彼女はひどく小さくてもろそうで、ヴィートは痛いほど胸が締めつけられた。

「カプリシアを愛したことはないと思う」彼は言った。「本当の意味では」

「だったらなぜ、彼女と結婚したの?」

「僕は若かった。彼女は美しくて、ヴェネチアの人間だった。当時、僕は愚かにも思ったんだ。カプリシアなら良き妻、良き母になるだろうと」

リリーは答えなかったが、ヴィートの判断をどう思っているのか、彼には表情から見て取れた。悲惨な判断だった。ビジネスでのヴィートは何も失敗をしないようだが、私生活ではすべてが失敗だった。

だが、ある日、幸運が訪れて彼はリリーに出会った。彼はその関係をも壊そうとしてしまったのだ。

「すまない。僕は何もかもだめにしてしまった。君をこんなことに関《かか》わらせる必要はなかった。その必要もないのに、君と結婚してしまったんだ」

ふいにヴィートはリリーの目に涙があふれていることに気づいた。涙がたまって頬を流れ落ちると、彼は心臓を引き裂かれそうな気がした。

「泣かないでくれ」ヴィートはベッドの端に腰を下ろし、片手でリリーの両手を取った。痛ましいほど冷たい手。「僕たちは結婚している。だが、今は君をどうすれば引き留められるかわからない」

「でも、お祖父《じい》様のことはどうするの?」リリーの声は泣き声が混じって乱れていた。

ヴィートは手のひらの間でリリーの手を優しく温めた。そのとき突然、彼はあることに気づいた。

リリーは祖父よりも大切な存在なのだ、と。

ジョヴァンニに最後の日を幸せに迎えさせてやりたいというヴィートの願いはまだ強力だった。だが、リリーの幸せを犠牲にしていいと思うほどではない。

「祖父には知らせなくていい。君は祖父が望んでいた跡継ぎを与えてくれた。もっと価値のある友情も。君に自分の人生をあきらめろとは言えない」

ヴィートはリリーの悲しそうな顔を見た。悲痛な様子に、彼は胸が締めつけられ、ふいに彼女の悲しみを取り去ってやることだけを願った。

「泣かないでくれ」彼はまた言い、身を乗りだすと、頬を流れている涙をキスで拭《ぬぐ》った。「君は疲れている。あとにしたほうがいいな。問題を解決しよう」

「問題なんて解決しないわ」リリーはすすり泣いた。「もう私がいらないんでしょう。あなたが私を必要としたことなんてないのよ」

「必要に決まっているじゃないか！」彼は声を張りあげた。「いつも君が必要だった。初めて話したときから、君を僕の人生の一部にするべきだとわかっていた」

リリーの顔を手で包んだヴィートは、彼女のけげんそうな表情に気づいた。彼女は泣きやみ、困惑したまなざしでヴィートに視線を向けている。

その瞬間、ヴィートにはわかった。みぞおちを殴られたかのように、突然、真実に気づいたのだ。

リリーを愛している。

いつもリリーを愛していた。だからこそ彼女の妊娠を知らされてヴィートは深く傷ついたのだ。無理やり自分と結婚させたのも、今、リリーを手放すかと思うと鋼鉄の棒で叩《たた》かれるような気がするのも、彼女を愛しているからだ。

ヴィートは音をたてて息を吐きだし、リリーにほほ笑みかけた。愛。こみあげてくるこの激しい感情は愛に違いない。疑惑の雲は吹き払われ、とうとう愛する女性が姿を現したのだ。

「どうしたの？」リリーはささやき、心配そうにヴィートの顔を見ている。「どうしたというの？」

のだ。

「君を愛している」ヴィートは言った。

「でも……」リリーは呆然《ぼうぜん》と彼を見つめた。なぜ急にそんなことを言いだしたの？　ついさっきは離婚を切りだしていたのに。離婚はリリーが予想したことだった。自分に子供を作る能力があることをヴィートがやっと受け入れたのだから。

「君を愛している！」彼はリリーを引き寄せて抱き、力を込めすぎて押しつぶしそうになった。「ああ！　なぜ、今まで気づかなかったんだろう？」

「本気のはずないわ」リリーは希望を持ちたくなかった。自分に対する仕打ちへの罪悪感のせいで、ヴィートはつかの間常識をなくしているに違いない。

「本気だ」彼はまた優しく彼女の顔を手で包み、目の奥を覗《のぞ》いた。「これほど本気だったことはない」

「でも……」リリーは言葉が見つからなかった。スカイブルーの瞳を覗きこみ、心の中にわきあがってきた興奮を抑えようとする。あまりにも長い間、聞きたいと切望してきた言葉だったから、すぐには信じられない。「なぜ、今になってそんなことを？」

「たった今、気づいたからさ。ずっと感情を封じこめていたから、真実を悟るまで長くかかったんだと思う。その間も真実に直面していたわけだが」

「どういうこと？」リリーは尋ねた。

「復活祭《イースター》のころ、君が胃の不調で診療を受けに行ったときのことだ。僕は君がとても心配だった」

「あなたが待っていたのは覚えているわ」彼女は運河に捨てた黒のカシミヤセーターのことを考えた。

「君は蒼白な顔で帰ってきた。とても悪いことが君の身に起こったんじゃないかと僕は思った」ヴィートは息を吸った。「そう思うのが耐えられなかった。ナイフで切られるような気がしたよ」

「それは知らなかったわ。でも、あなたがとても親切だったことは覚えている。あのときまで……」

「僕が嫉妬《しっと》で我を忘れたときまでだ。君がほかの男といると思うだけで耐えられなかった。しばらくは理性をなくしてしまった」

リリーはヴィートをまじまじと見た。顔には苦悩のしわがくっきりと刻まれている。

「問題なかったわ。結局、何事もなかったのよ」

「ルイージのおかげだな。それに君の友人のアンナのおかげだった」

「私はうまくやれたと思うわ。誰にも面倒を見てもらわなくても大丈夫だもの」

「わかっている。君くらい強い人を僕は知らない。僕が投げつけたひどい難題に君がすべて対処してきたことを思うと……すまなかった」

「もうそんな話はやめて」リリーはヴィートの胸に手のひらを当てた。手の下で彼の心臓が鼓動を打っているのを感じ、力強いリズムに希望を与えられた。「時間は元に戻せないわ。前に進まなくちゃ」

「僕といてくれるのかい？　もう一度、僕にチャンスを与えてくれるのか？」

「もちろんよ」リリーは幸福のあまり涙が目にこみあげるのを感じた。

「なぜ、泣いているんだ？」ヴィートは身を乗りだして、彼女の濡《ぬ》れた頬を親指で拭った。

「私もあなたを愛しているからよ。いつも愛していたわ」

信じられないという、幸せそうな笑みがヴィートの顔に浮かんだ。次の瞬間、彼はリリーをまたきつく抱きしめていた。

「信じられない。昨日の夜は何もかもだめだと絶望していた。それが今、夢がすべてかなったんだ」

ヴィートの言葉はまさにリリーの気持ちを表現していた。彼女はヴィートにぴたりと寄り添い、二度と離れまいと思った。だが少したつと、ベビーベッドから聞こえる小さな泣き声に二人は邪魔された。

「目を覚ましたぞ！」ヴィートの声には愛情と誇りがいっぱいだった。

「あの子を抱きあげてくれない?」赤ん坊をベビーベッドから抱きあげるヴィートを彼女は見守っていた。彼の優しい手は息子の体と同じくらい大きい。

「何が欲しいのかな?」ヴィートは助言を求めてリリーを振り返った。

「わからないわ。私はまだ不慣れだもの。お乳を飲ませようかしら」リリーはナイトドレスのボタンをいくつか外し、両手を赤ん坊に差しだした。ヴィートはそっと息子をリリーの腕に渡し、前の晩と同じように小さな頭を彼女の胸の先端に導いてやる。

「ああ、それはいい方法だ。ちょっとしたチームワークを見るのはいいものです」医師の声を耳にしてリリーが目を上げると、部屋に入ってくるところだった。「血液型の結果が出ました。あいにくお子さんはあなたと同じ、まれな血液型らしいですな」

自分が赤ん坊の父親だと科学的に証明されてどう反応するのかと、リリーはヴィートの顔を見た。驚いたことに、彼の顔には心配そうなしわが現れた。

「それは打撃です」ヴィートは言った。「この子が母親に似てくれることを願っていましたが」

「ご心配は無用だと思いますよ」医師は言った。「昨晩、話し合ったのですが、血液型のことは問題ないと奥様も今ではご理解なさっています。知っておいたほうがいいものだというだけです」

医師はベッドに歩み寄り、赤ん坊がうまくお乳を飲ませられている様子に満足してうなずいた。「あとでまた様子を見に来ますね」医師は立ち去った。

「あなたが喜ぶと思ったのに。父親だという動かぬ証拠だから」

「そんなものはいらない」ヴィートは真剣なまなざしで彼女の目を見つめた。「必要な証拠はすべてある。ここに」彼は自分の心臓の上に手を当てた。

リリーはまたもやうれし涙がこみあげて、唇が震えるのを感じた。

「愛しているわ」リリーは言った。

「僕も君を愛している。全身全霊で」彼は答えた。

エピローグ

「私の曾孫《ひまご》だ」ジョヴァンニは小声で言い、慎重に抱きあげた小さな赤ん坊を見おろした。

リリーはベッドで彼の隣に座っていた。感嘆や喜びのこもった震え声を聞き、目に涙がにじんでくる。

「この子はジョヴァンニと呼ばれています」

老人は顔を上げ、輝く青い目でリリーを見つめた。言葉の意味がわかり、つかの間声を失ったようだ。

「ありがとう。私を幸福にしてくれて感謝するよ」

「光栄です」彼女は身を乗りだし、紙のように薄い肌の頬にキスした。「お話ししていませんが、ご親切にとても感謝しています。あなたの家族の一員になれてどんなにうれしいか。息子が一族の名を受け継いでいくと知って本当に喜んでいます」

「あのネックレスを着けておるのだな」ジョヴァンニは、リリーの首にかけられた見事なアンティークの装身具に突然気づいた。「一度も身に着けていないから、趣味に合わなかったのかと思っていたよ」

「まあ、そんな。大好きだわ」彼女は滑らかなビーズ玉を指先でなぞった。「ヴィートはアンティーク・ジュエリーの専門家に調べさせていたんです。身に着けても問題ないかどうか。壊したくなかったものですから」

「だが、今日は重要な日ですからね。僕の息子を紹介するわけだから」ヴィートは妻を見やった。リリーほど美しい存在はない。眺めているだけで、ヴィートの心は彼女への大きな愛でいっぱいになった。

修復したあと何カ月もそのネックレスをしまっていたことをヴィートは恥じたが、リリーに返すきっかけがどうしても見つからなかった。だが今朝、リリーはネックレスについて尋ね、優しいキスで彼の気まずさを拭《ぬぐ》い去った。そしてヴィートは優しくて理解のあるリリーに惚《ほ》れ直したのだった。

「そうだな」ジョヴァンニは赤ん坊にまた視線を向けた。ヴィートは祖父が疲れ始めたことに気づいた。

「僕たちは帰りますから、休んでください」ヴィートは祖父の腕からそっと赤ん坊を抱きあげた。「心配しないで。明日、また来ますよ」

ヴィートは〈カ・サルヴァトーレ〉の運河側の入口まで行き、リリーが船に無事に乗りこむと、赤ん坊のジョヴァンニを手渡した。

「君のおかげで祖父はとても幸せだ」船に乗ってリリーの横に座ったヴィートは言った。アドリア海から漂ってきた濃い秋の霧が渦を巻いている。街は奇妙なほどの静けさに包まれていた。彼は急いで家に帰り、安全で温かな室内で家族に寄り添いたかった。

「私がお祖父《じい》様に言ったことは真実よ」大運河《カナル・グランデ》を船が進み始めると、リリーは霧を通してバロック様式の堂々たる屋敷《パラッツォ》を見あげた。「私の息子がこの一族の一員になれて誇らしいということだけれど」

彼女は愛する男性の魅力的な顔を見た。目が合って、喜びの震えが体を走り抜ける。赤ん坊の世話で疲れていたが、これほど幸せな日々は初めてだった。

「愛しているよ。君が僕の妻なのが誇らしい」ヴィートはリリーの体に腕をまわして優しく抱き寄せた。「君の居場所はこのヴェネチアだ。そして僕のそばが君のいる場所だよ」

「ここが大好きよ」船はカナル・グランデを離れて家に向かった。渦を巻いている霧が、より狭くなった水路に入りこんでくる。船員は慎重に船を進めていた。「でも、それ以上にあなたを愛している。そして、私はいつもあなたのそばにいるわ」

●本書は、2010年8月に小社より刊行された作品を文庫化したものです。

つれない花婿

2023年8月1日発行　第1刷

著　者　ナタリー・リバース

訳　者　青海まこ（おうみ　まこ）

発行人　鈴木幸辰

発行所　株式会社ハーパーコリンズ・ジャパン
東京都千代田区大手町1-5-1
03-6269-2883（営業）
0570-008091（読者サービス係）

印刷・製本　中央精版印刷株式会社

定価はカバーに表示してあります。
 ISBN978-4-596-52156-9

背徳の極上エロティック短編ロマンス！

Erotica Amore

背徳の極上エロティック短編ロマンス！

〈エロティカ・アモーレ〉

ヒストリカルからコンテンポラリーまで、

選りすぐりの118作を、毎月15作ずつお届けします。

6.20配信のイチオシ作品

(DGEA-1)

侯爵様とメイドの禁断の愛の形は…？

『侯爵と私』

拒み続けた野獣の求愛に、ある夜身を任せた美女は…？

『美女と野獣』

(DGEA-19)

7.20配信のイチオシ作品

コミックシーモア、dブック、Renta!、Ebookjapanなど

おもな電子書店でご購入いただけるほか、

Amazon kindle Unlimitedでは**読み放題**でお楽しみいただけます。

※紙書籍の刊行はございません。

ハーレクイン文庫

「無邪気なシンデレラ」

ダイアナ・パーマー／片桐ゆか　訳

高校卒業後、病の母と幼い妹を養うため働きづめのサッシー。横暴な店長に襲われかけたところを常連客ジョンに救われてときめくが、彼の正体は手の届かぬ大富豪で…。

「彼の名は言えない」

サンドラ・マートン／漆原　麗　訳

キャリンが大富豪ラフェと夢の一夜を過ごした翌朝、彼は姿を消した。9カ月後、赤ん坊を産んだ彼女の前にラフェが現れ、子供のための愛なき結婚を要求する！

「過ちの代償」

キャロル・モーティマー／澤木香奈　訳

妹の恋人の父で大富豪のホークに蔑まれながら、傲慢な彼の魅力に抗えず枕を交わしたレオニー。9カ月後、密かに産んだ彼の子を抱く彼女の前に、突然ホークが現れる！

「運命に身を任せて」

ヘレン・ビアンチン／水間　朋　訳

姉の義理の兄、イタリア大富豪ダンテに密かに憧れるテイラー。姉夫婦が急逝し、遺された甥を引き取ると、ダンテが異議を唱え、彼の屋敷に一緒に暮らすよう迫られる。

「ハッピーエンドの続きを」

レベッカ・ウインターズ／秋庭葉瑠　訳

ギリシア大富豪テオの息子を産み育てているステラ。6年前に駆け落ちの約束を破った彼から今、会いたいという手紙を受け取って動揺するが、苦悩しつつも再会を選び…。

「結婚から始めて」

ベティ・ニールズ／小林町子　訳

医師ジェイスンの屋敷にヘルパーとして派遣されたアラミンタは、契約終了後、彼から愛なきプロポーズをされる。迷いつつ承諾するも愛されぬことに悩み…。

ハーレクイン文庫

「この夜が終わるまで」

ジェニー・ルーカス／すなみ　翔　訳

元上司で社長のガブリエルと結ばれた翌朝、捨てられたローラ。ある日現れた彼に100万ドルで恋人のふりをしてほしいと頼まれ、彼の子を産んだと言えぬまま承諾する。

「あの朝の別れから」

リン・グレアム／中野かれん　訳

2年前、亡き従姉の元恋人、ギリシア富豪レオニダスとの一夜で妊娠したマリベル。音信不通になった彼の子を産み育ててきたが、突然現れた彼に愛なき結婚を強いられ…。

「砂の城」

アン・メイザー／奥船　桂　訳

新学期の名簿を確認していた教師アシュレイは、生まれてすぐ引き離された息子の名前を見つけて驚く。さらに息子の父親である大富豪アレインが現れ、彼女に退職を迫る！

「炎を消さないで」

ダイアナ・パーマー／皆川孝子　訳

血の繋がらない兄ブレイクと半年ぶりに会ったキャスリン。ドレスがセクシーすぎると叱責され、反発するが、その数時間後、彼に唇を奪われ、衝撃と興奮に身を震わせる！

「燃えるアテネ」

ルーシー・モンロー／深山　咲　訳

パイパーは、独身主義のギリシア人富豪ゼフィールに片想い中。ベッドを共にするようになり、「避妊具なしで愛し合いたい」と言われて拒めず、妊娠してしまい…。

「二人の年月」

ペニー・ジョーダン／久我ひろこ　訳

父が病で倒れ、両親の愛を奪われる不安から反発してきた血のつながらない兄カイルを訪ねたヘザー。病床の父に会ってと頼むと、彼は冷たく言い放つ。「いくら欲しい？」